中継地にて

回送電車Ⅵ

堀江敏幸

中央公論新社

中継地にて

回送電車VI

目　次

I

いちはやき遅れ 5
割れない言葉 9
揺れる言葉の甲板で 13
きくいむしのはなし 17
蛍を踏みにじること 21
自転車に御乗んなさい 25
露天市を切り裂く怖れ 29
うてなの錬金術 33
私はあたまをかかえた 37
勝手にしやがれ 41
遠まわりの思想 45

発語のくちびる　49

II

春のなかに春はない　55
結びし水の解け出すところ　58
叩くこと　70
心をつぐ言葉　75
一向要領を得ないもの　小説の日本語　84
なにもしないという哲学　99
片付けた顔を見ているひと　105
「探りを入れること」『明暗』の書き出しから　110
主張でも主義でもない紀行　132
雑木林の用足し　小沼丹の周辺から　138

減速して、左へ寄って　片岡義男小論　146
鞠足の発する言葉　155

III

「あ」の変幻　165
うそぶくことについて　169
文字変換　173
温かいホットケーキの逆説　176
面白い　179
一語とおなじ一文の力　181
言葉の池をつなぐ　186
歌でも読む様にして　190
平日にかがやくもの　寿岳文章『平日抄』　193

消印のない手紙　198
棒で結ばれた心　201
重ねない慎み　203
貼って剝がしてまた貼ること　205
なんと言ったらいいのか　209
ただそれだけを見つめている　212
見なければならないもの　217
三本のオレンジの木　220

IV

「いいおぢいさんでした」吉田秀和追悼　225
水天宮のモーツァルト　241
感謝の言葉しか浮かんでこない　246

架空の「私」、転倒の詩　アントニオ・タブッキ追悼　252
礼状の礼状　長島良三さんを悼む　254
品定めの人　杉本秀太郎さんを悼む　257
往生を済ませていた人　古井由吉追悼　260
いま暇ですか、時間はありますか　菅野昭正追悼　265
最初で最後の頼みごと　269
中継地にて　280
美しく逢うこと　287
初出一覧　293

中継地にて

回送電車Ⅵ

I

いちはやき遅れ

くちすう、とその人は小さな声でつぶやいた。正確には、書かれている文字をそのように読んだ。だれのなんという作品だったかもう記憶にないけれど、登場人物ではなく彼らを描く言葉のまわりに、あからさまではない官能への傾きが感じられる一節だったから、文字を見ないでただじっと声を聴いていただけのこちらの耳にくちすうは口吸うと転換されて、ぬめる舌のように滑り込んだ。かすかな動悸に襲われ、その先の文章をおなじように訥々《とつとつ》とつぶやきつづけている読み手の声を、私はもう捉えることができなくなっていた。

声が途絶えた。担当箇所は読み終えたらしい。居心地の悪い沈黙を味わっていると、すぐ隣で進んでいる建設工事の騒音が急に大きくなってガラス窓が揺れ、足下に微動が伝わり、ふたたび無音状態に戻った。私はなにごともなかったように、いったん伏せた本を手に取った。くちすうは、口数だった。唇を吸う数が少ない。もっと積極的に、もっと激しく求めて欲しい。そんなふうに走り出しそうだった妄想の種は、たちどころにつぶれた。

朗読してくれた人は、口数《くちかず》が少ないという言いまわしを当然知っていただろう。前後の文字をうまく追い切れなくて魔が差したように読みを誤るのは、めずらしいことではない。くちすうという音が魅力的に響いたのは、なにかおかしいと気づいていたそのとまどいが上乗せされていたせいかもしれない。口吸うと脳内で変換したのは、こちらの不徳のいたすところである。

しかし、と私は思うのだ。言葉の口を吸い、言葉の舌に吸われそうな瞬間が、世の中にはあるのではないか。量の多寡を表わす一語に、吸っているのにすうと息を吐いているようなこの隙だらけの音を当てるだけで生々しくなる。文字で残された色恋のあれこれが現実のそれより艶やかに感じられるのは、送り手と受け手のあいだに、言葉を吸う吸われるの関係が生じるからではないか。

人生のなかばを過ぎた私のような人間だけでなく、もっと若い人たちにも、言葉の隙を相手の口でふさいでもらい、ふさがれた口をみずから離すという、激しさとためらいの入り交じった言語体験は起こりうる。せめていまだけと思い切る決断のときを、何度も繰り返すことによって生まれる持続。そして、持続そのものから匂い立つ奇妙なみやび。

くちすうの音を前にした胸のざわめきは、もしかするとべつの空間で話した『伊勢物語』の、「いちはやきみやび」に惹き起こされたものかもしれない。美しい女はらからを鄙《ひな》に見出した驚きといった話ではない。初冠《ういこうぶり》した高貴な若者が、狩衣《かりぎぬ》を破って、「春日野の若紫のすりごろもしのぶの乱れかぎり知られず」と書き付けたのは、官能の暴発を強く迅速に抑えつけるためなのだ。

美しい姉妹から歌の返しがあったのかどうかは記されていない。彼らの言葉がぶつかって、どちらかが吸い、どちらかが吸われる言葉の贈答を知っているのは語り手だけだ。「いちはやきみやび」は、万葉の歌を下敷きにする知性と、咄嗟《とっさ》に発動する激情の共存を示した都の若者ではなく、物語を統御している者が彼らの言葉を吸い、さらに書き言葉として吐き出していく「現在」にこそある。

沈黙のなかで読み手のつぶやきに吸われた自分の言葉を、私はいま、書くことによって取り戻そうとしている。くちすうの現場で感じた震えは、文字を書き付ける作業を通じて身体に沈められるのだ。いちはやきとは、書き言葉が成り立つための遅れなのである。遅れなければ、言葉の口をあとから吸わなければ、その輪郭はくちすうの音よりも、さらにとらえどころのないものになってしまうだろう。

割れない言葉

アンパイヤーのポケットから、捕手に渡った新しい真ッ白な球は、やがて弧を描いて長身の投手の手に入った。

これが物語の冒頭に置かれた段落の全文である。野球小説と呼びうるジャンルが存在するのかどうか詳《つまび》らかではないけれど、もしそういうものに属するとしたら、なんとも不思議な書き出しではないか。渾身の力で投げ込まれたボールが、みごとな糸を引いて捕手のミットに収まる。だれにも想像しうるわかりやすい導入部にしたければ、おそらくそうなるだろう。しかし描かれているのは、逆の動きだ。球審、捕手、投手へと中継される汚れのないボール。捕手から投手への流れにひとり加わっただけで、白い拋物線《ほうぶつせん》には別種の力が付与される。

直前の打者はファースト・フライに打ち取られていた。新しい打者は初球打ちを試み、遊撃手の正面をついて呆気なくアウトになる。そこで試合は終了だ。場所は神宮球場。戦争がはじまっているのに、日曜日には六大学野球がまだ観られたというから、一九四一年か四二年のリーグだろう。観戦後、語り手とその友人は千駄ヶ谷に住む絵かきの家を訪ねる。夕食に招かれていたのだ。絵かきは彼らの同級生で、マドロスパイプをくわえて珈琲豆を挽き、食後にブランデーと胡桃《くるみ》を出すようなハイカラ男である。ナット・クラッカーで胡桃を割り、語り手たちにも使ってみるよう勧めると、ふたりは順々に儀式をこなして実を口に入れるのだが、絵かきはそこで、じつは今日は父親の命日なのだと言って、父の死と胡桃割りの関係を語りはじめる。

永井龍男の短篇「胡桃割り」の中心部をなしているのは、この絵かきの回想だ。昭和二十三年に発表された作品だから敵性語への配慮はもはやなく、勝負を暫時離れた白球は、球審、捕手、投手という三者の手を経たのちふたたび捕手に向かって放り出される。ただし、打者だけはその白い球に素手で触れることができない。彼ひとり他と異なる言語体系のなかにいて、試合の当事者でありながら疎外されている。

この短篇がバッテリーへのボール供給からはじまっているのは、もちろんそれを絵かきの話に重ねようとしているからだろう。回想は母の死の前後にさかのぼる。絵かきの母親は、彼が小学校三年のときから病臥していた。六年生の折の、一泊二日の遠足の前にその容態が悪化する。万一に備えて行事には参加しないよう姉から命じられ、少年は母の死よりも遠足に行けない悲しみに涙しながら自室に戻ろうとする。そのとき、廊下の向こうからだれかが来るのに気づいて、泣き顔を見られないよう身を隠した父の書斎に、胡桃の盛られた皿を見出す。少年はひとつつまんでクラッカーに挟み、力をこめる。ところがどうしても割れず、腹を立てて、胡桃ではなくクラッカーを放り投げ、皿を割ってしまう。胡桃という言葉ではなく、それを打ち返す道具を投げ捨てることによって、異なる言語体系のあいだの対話の可能性をみずから閉ざしたのである。

父親は息子のプレーをアウトにもしなければ退場を命じもしなかった。割れた皿とこぼれた胡桃を、対話のベースラインに静かに戻したのである。父の死後、バット代わりのナット・クラッカーは、絵かきにとって絵筆以上に大切なものになった。だから彼が胡桃を割ったときの音は他のふたりとちがう。それは白ではなく文字どおり胡桃色の球の扱いに一度失敗した者だけに聞こえる音であって、自分にしか見えなかった球筋を彼は友人たちに差し出したのである。捕手から投手への返球は美しい。対話として完璧に近い。だれにも打たれる心配はないからだ。しかしそこにナット・クラッカーをぶつける打者が介入したとき、もうひとつ次元の高い言葉のやりとりが生まれる。その球はもう、どんな万力《まんりき》を使っても割れることがない。

†永井龍男「胡桃割り」『朝霧・青電車その他』講談社文芸文庫、一九九二年

揺れる言葉の甲板で

文字の視覚的な情報と意味を奪われた音声の反応のずれに、いつも悩まされている。瞬時あらわれては耳もとで消える言葉をつなぎとめておく力の不足が、言葉の不思議さにではなく自身のふがいなさに対する憤りを生んでいるという現実に打ちのめされる。「くちすぅ」体験を少しずつ身体に染み込ませたいと思いながら、いざその場に立ち会うと、目と耳の認識範囲が重ならずに自分を見失ってしまうのだ。

いきなり片仮名三文字とぶつかったあの日もそうだった。それは一瞬にして三つの文字に分解され、ふたたび一語につながって、ながいあいだ脳の片隅に固定されていた耳の記憶を掻き乱したのである。その音は、私のなかでほんのり桃色に染まった白い女性の肌と結びついていた。題名はもう覚えていないけれど、仏語の勉強をしはじめたばかりの頃、耳慣らしをする目的で、内容にはさして興味のないまま映画館に入ったら、大きなつばひろの帽子をかぶった御婦人の顔が銀幕いっぱいにあらわれ、上目づかいに小声で台詞《せりふ》を言う場面に出くわして、聞こえてきた音声と字幕翻訳のあいだの、あとから思えばしごくまっとうなずれが、ひとつの出来事として記憶に刻まれたのだ。

少し過ぎるくらいの褒め言葉をもらったらしいその女性は、あまり買いかぶらないでください、と返したにすぎない。御礼の一語に置き換えられた字幕が映し出されていた数秒のあいだに唇から流れ出ていたのは、教わったばかりのflatter《フラテ》という動詞を活用させた一文だった。演技ではあれその言葉が内面に沈み、また頬に浮きあがったときの画面の美しさを、いまもよく覚えている。

この言葉に、私は書き文字三つの組み合わせとして出会い直した。あの優美な肌がたちまち脳裡にひろがる。いや、ひろがりかけた瞬間に、女性の声の肌理《きめ》とはなんの関係もない丸括弧付きの注釈を視認して、感覚の四肢を支えられなくなった。「フラテ（犬の名）は急に駆け出して、蹄鍛冶屋《ひづめ》の横に折れる岐路のところで、私を待つて居る」。

一連の動作を担っていたはずの言葉が固有名詞になっている。しかもそれは犬の名なのだ。なるほど名詞のフラテはあちこちに散らばっている。右のものを左にする片仮名の詐術によってRとLの発音の区別は無効にされ、フラテは伊語の兄弟友人 frate にすり替わり、托鉢や跣足《せんそく》の名を持つ団体に属する人々へと移される。フラテは神のまえで御婦人の頬と宣教師の髭面をあわせた獣面になる。つづく一節には「この犬は非常に賢い犬で、私の年來の友達」だとあって、フラテはすぐさまRのほうに限定されるのだが、散歩では時々「思ひもかけぬやうなところへ自分をつれてゆく」と記されているので、語り手のふらふらフラテする歩行状態が、今度はあいだの一文字を替えたflotter《フロテ》に、すなわち浮かぶ漂うさまようの意の仏語を呼び寄せて混乱をきたす。

友である犬のフラテと散歩する「私」は、一九一七年（大正六）、佐藤春夫によって生み出された。一篇のタイトルは「西班牙《スペイン》犬《けん》の家」。この犬はやはり、来日した宣教師の流れをくむ特別な導き手なのだろう。ところが、犬の友の案内で散歩に繰り出した先ほどの「私」は、わずか数行先で自己分裂を起こす。「おれはその道に沿うて犬について、景色を見るでもなく、考へるでもなく、ただぼんやりと空想に耽つて歩く」などと、RとLを取り替え、もうひとりの自分に変貌するのだ。フラテはここで自己同一性が揺らぐ動詞フロテに転じ、白い肌の御婦人と宣教師に等しく分有される。

驚くべきことに、複数の版が流布したのち、昭和二年に作者はこの「おれ」を「私」に統一してしまう。フラテはふらふらした散歩の犬として浮遊するフロテの心を持ち、主人を「私」と「おれ」のあいだでふらつかせてこそ生きるはずなのに。揺れる言葉の甲板で、私は相変わらず見えない嘔吐を繰り返している。

†佐藤春夫「西班牙犬の家」『病める薔薇』天佑社、一九一八年

きくいむしのはなし

数年前の夏、鈍行に揺られて山間の町に住む学生時代の知人を訪ねた。正確には、最寄りの駅まで出かけて、そこへ車で迎えに来てもらったのである。タクシーもなくバスもほとんどないに等しい辺鄙《へんぴ》な町に、平日の昼に降り立ったらどうなるかは、言うまでもなかった。若い頃、私はよくこんなふうに遠方にいる人に誘われて出かけて行ったものだが、そのたびに、訪ねるという言葉を裏切っているような気持ちがして落ち着かなかった。

「たずねる」の大もとは「たづ・ぬ」であると『広辞苑』は教える。訪問とは「何かを手づるにして源を求めていく意」から派生した一例にすぎない。積極的な意図をもって相手のもとへ出向く語義からすれば、探求心と行動力が兼ね備わってこそ使いこなせる言葉なのであり、途中まで迎えに来てもらう受け身を許すようでは口にする資格もない。素直に遊びに行ったとしておくのが、たぶんいちばんしっくりくるだろう。

四輪駆動車で山をふたつ越え、谷からくねくねと登りの道をさらに十分ほど走ったところにある彼の家は、農家を改築したなかなか立派な構えだった。母屋と納屋が鉤《かぎ》の手に配され、庭の隅には鶏小屋もある。昭和のなかばに舞い戻ったような雰囲気だ。お連れあいが出してくれた冷たい麦茶でひと休みしてから、彼が焼きあげた陶器をじっくり見せてもらい、水彩画の飾られた涼しい居間でながいこと話し込んだ。

学部時代、彼は英文学者になると宣言して、ひたすら勉学に打ち込んでいた。図書館と下宿と学生食堂を往復するだけの禁欲的な暮らしである。いつ覗いても机にかじりついて、左手の人差し指で前髪をくるくる巻きながら原書を読みふけっていた。将来こいつは大学者になるとだれもが信じて疑わなかった。彼の下宿があった喜久井町《きくいちょう》は、江戸が東京に変わった頃、一帯の名主から区長になった漱石の父親が、家紋である「井桁《いげた》の菊」にちなんで命名したものだという。『硝子戸の中』に書かれているよと教えてくれたのは当人だが、仲間には等しくそのことを自慢していたので、いつしか喜久井虫とあだ名がついた。

もうそんなふうに呼んでくれるやつはいないよ、と彼は笑った。国立の大学院に進み、順調に博士号を取得したあと、大学のポストを得るまでの腰掛けのつもりで着任した高校で、心が壊れた。朝から晩まで耳のなかで虫が鳴いてね、あちこちで診てもらって薬も飲んだんだが、少しもよくならない、もうだめだというとき、この人が救ってくれたんだよ。そう言って隣にいる人に顔を向けた。おなじ高校の美術教師としてやってきた若い彼女に励まされ、勧められるまま粘土をこねたり絵筆を執ったりしているうち体調は徐々に回復し、それを機に研究者への道から降りて、生活の資を技術翻訳で得ながら、気ままな制作を続けて来た。しかしこのとき喜久井虫は、べつの虫に内側から苛《さいな》まれていたのである。

葬儀のあとしばらくして、ハンガリーの監督が撮ったモノクロ映画を観る機会があった。十九世紀の哲学者の、晩年の逸話をもとにした画面には、荒れ果てた山腹に吹き荒れる強い風と砂塵のなかでの厳しい日々が淡々と描き出されていた。左手のきかない老いた父と娘が、質素な家に住んでいる。庭には貴重な井戸があり、娘は毎日、風にあおられながら水を汲みあげに行く。その水を沸かして茹でた馬鈴薯を、ふたりは手づかみで食べる。父親は片手で芋を崩してがつがつと動物のように頬張り、食べ終えると窓の外をじっと見つめてつぶやく。木喰い虫の鳴き声が聞こえない、五十八年のあいだずっと聞こえていたのに、なぜだろうと。その瞬間、字幕にあらわれた木喰い虫が、私のなかできくいむしと変換され、さらに喜久井虫と姿を変えた。もっと早くに彼の虫の声が消えていたら。そんな想いが一瞬脳裏をよぎり、すぐさま砂塵にまぎれた。

蛍を踏みにじること

道頓堀で鰻屋《うなぎや》を仕切っているお文《ふみ》のもとへ、家出した夫から手紙が届く。彼女は磯《いそ》と名を変えていたのだが、知らせたはずのないその名が封書に記されているのを不安に感じ、折よく顔を見せて帳場の裏の狭い三畳間に「やや曲つた太い腰をヨタヨタさせながら」滑り込んだ叔父の源太郎に、先に読んでもらおうかなと言い、お前のところに来たのだからお前が先に読んだらいいと返されると、源太郎に帳場をまかせて自分が奥の間に移り、いろんな家具やものが詰め込まれて半ば物置きと化した控えの間に残されている畳一畳分ほどの空き地で、目を通す。

上司小剣《かみつかさしょうけん》の「鱧《はも》の皮」と題されたその短篇の主人公をお文と見なすのは自然な読みだろう。問題のある夫をどう受け止め、これからどうするのかが少しずつ明らかにされていく展開の肝として、鰻の肝ではなく鱧の皮が使われるあたりに、わずかな希望を抱かせる光の暈《かさ》も見える。頁を開いてお文に会うのは、まちがいなくひとつの喜びだ。

ところが私は、いつのまにか、「五十を越してから始めた煙草を不器用に吸はうとして、腰に挿した煙草入を抜き取つた」叔父のほうこそ存在の肝に当たるのではないかと感じるようになっていた。くちすぅ的な脳内転換をほどこすと、「はものかわ」は「刃物川」となって、またしても怪しい妄想をうながす。お文だけの話ならあってもなくてもよさそうなこの一節から先の数行が、まさしく刃物のように胸を刺すのだ。煙草を覚えるまで、源太郎はなにに楽しみと慰めを見出していたのか。逆にまた、なぜ急に煙草を吸うようになったのか。ともあれ、三畳間には火鉢も煙草盆もないので、彼はすぐに煙管を吸うことができない。

……煙草を詰めた煙管を空しく弄《いじ》りながら、對《むこ》ふ河岸の美くしい灯の影を眺めてゐた。對ふ河岸は宗右衞門町《そうえもんちょう》で、何をする家か、灯がゆらゆらと動いて、それが、螢を踏み蹂躙《にじ》つた時のやうに、キラキラと河水に映つた。初秋の夜風は冷々として、河には漣《さざなみ》が立つてゐた。

向こう岸には灯があって、こちらには火がない。源太郎は煙草の葉を詰めてから火種のないことに気づいたのだ。そのかわり、煙管の先に対岸の明かりが灯って、ほんとうの火のように見えている。細い筒の先に灯された見立ての火。黄色いこの点からのびていく言葉の光跡には、「鱧の皮」を「刃物川」に変貌させる魔法がある。川面に映った灯りが初秋の冷たい夜風のなかでやはり冷たく光るさまを、「螢を踏み躁躪つた時のやうに」と言い表す残酷さ。私が子どもの頃はじめて見た蛍は、蛍光灯という文字に引きずられて思い込んでいた青白いものではなく、黄色と緑のまじった微妙な色をしていた。水辺の周囲には保護のための柵が張られ、光源の草むらに近づけないようになっていたので、成虫をあやまって踏みつける心配もなかった。「鱧の皮」は大正三年（一九一四）、小剣四十歳の折に発表された作品だが、蛍がいまよりずっと多かったという事実とそれを意図的に踏みにじる気持ちのありようは、またべつである。

つよい表現を選んだのはもちろん語り手である。しかしそのために、太り気味のもっさりした五十男が落ち込んだ時間の穴の底から、暴発の芽とは言わないまでも、はかないものをさらにはかなくさせる衝動が切なく浮かびあがるのだ。現在のおだやかな源太郎からは見えないなにか、彼自身が踏みにじってしまった苦い過去を感じさせずにおかない描写である。もしかするとそれは、若かった彼が、さらに若かったお文とのあいだの、「お文」を「お踏」に変えなければたがいに前に進めなくなるような危険な肝を、刃物でえぐりとったということなのかもしれない。

店の裏屋根には広告電灯があり、その色が変わるたびに硝子《ガラス》障子に映って、お文の背中を赤、青、紫に染める。彼女が光の波長を崩す蛍の一変種であったとしても、なんの不思議もないだろう。

†上司小剣「鱧の皮」『平和主義者　上司小剣選集1』育英出版、一九四七年

自転車に御乗んなさい

会議とは大人の修行の場である。そこでは日常生活からやや遊離した独特の言いまわしが飛び交う。とりわけ審議の必要がなく、既成事実として成立しているらしい案件を承認するだけの流れ作業のなかで繰り出される表現には、空間を舞台稽古の現場に変えてしまう奇妙な力がある。それではお諮《はか》り申しあげます。議長の声がかかった瞬間、お白州《しらす》で正座した下手人《げしゅにん》の気分になる。特段の事情のないかぎり、本件はこのままで進めさせていただきます。落ち着いた口調でそんなふうに切り出されると、今度は地方裁判所の傍聴席に移動している。時代劇から現代劇へ時空はしなやかに変転し、その入れ替わりのあいだに浅い眠りに陥って、言葉の影が薄まり、意味が希釈され、音だけになる。

春の気配に満ちた午後、私はまたしてもひんやりした白い玉石を敷き詰めた地面から固い椅子のならぶ法廷に移動し、そのまま切れ目なくまどろんで、いつのまにかゆるい坂道のうえに立っていた。こんなところでなにをしているのか。戸惑いのあとに、自転車という単語がすっと耳に滑り込んできた。そして、自転車に、と助詞を付されて反復されたその言葉を、私はごく自然に受け止めていた。眼の前に立派な自転車が置かれている。これは私のものなのか。「自轉車に御乗んなさい」。今度はもっとはっきりした命令文が頭に響く。たぶん、それが特段の事情なるものなのだろう。私が見ていたのは、一九〇二年（明治三十五）の倫敦《ロンドン》の光景だった。

その秋、のちに漱石となる英文学者夏目金之助は、二十貫もある下宿屋のおばさんが放った「自轉車に御乗んなさい」との命に屈し、指南役の男性と自転車屋に出向いた。初心者だからと最初は女性用を薦められるのだが、それでは男子の沽券《こけん》にかかわる、どうせ転ぶならしっかりした男用で転んでみたいと彼は訴え、油も差されていなくてぎしぎし言う「いとも見苦しかりける男乗」の一台を与えられる。ふたりは馬場で練習を開始し、馬ではなく自転車の鞍に跨《また》がりながら、車輪を半回転もさせられぬまま退散の憂き目に遭う。後日、再挑戦を試みた折には、漕がずとも自然に走るよう坂道を利用した。「兎も角も人間が自轉車に附着して居る」ような格好で動きだしはしたものの、止まることができない。人波をなんとかかわしつづけ、最後は坂が尽きた先の板塀にぶつかってことなきを得た。「大落五度小落は其數を知らず、或時は石垣にぶつかつて向脛《むこうずね》を擦りむき、或る時は立木に突き當つて生爪を剝がす、其苦戰云ふ許《ばか》りなし、而して遂に物にならざるなり」。この自虐的な自転車事始めの顚末を、私は会議の前日に人に語って聞かせていたのだ。もっとも、漱石がほんとうに自転車に乗れなかったかといえば、そうではないようだ。中根倫は、倫敦から戻ったあと、義兄が「自分があちらで自転車に乗ることをおぼえて来たものだから、一緒に自転車を乗らうとか」と言ったと回想している（一九三六年）。

一九〇二年の秋といえば、帰国の直前だ。この年の九月、無二の友、正岡子規が亡くなっている。訃報を受け、追悼文を乞われた漱石は、十二月一日付の高濱清（虚子）宛書簡で、「かく筒袖姿にてビステキのみ食ひ居候者には容易に俳想なるもの出現仕《つかまつ》らず」、いまは半日本人、半西洋人の言語状況でどちらも中途半端だから、俳句をひねりだすのは甚《はなは》だ苦しい、けれども「日本に歸り候へば隨分の高襟黨《ハイカラとう》に有之《これある》べく、胸に花を插して自轉車へ乘りてお目にかける位は何でもなく候」と書いている。跨がって前進するくらいはできたのだろう。子規の死が伝わった正確な日付はわからないけれど、漱石の自転車の練習ぶりには、なにか深い悲しみをごまかしているような激しさ、無鉄砲さがあるように思う。

自転車がじてんしゃと崩れて、現代に立ち返る。なにかの役職を決める選挙の投票結果が告げられていた。私はそこで、「次点者」の名を知らされたのである。

†夏目漱石「自転車日記」『漱石全集』第二十二巻、岩波書店、一九五七年
中根倫「義兄としての漱石」『定本 漱石全集』別巻、岩波書店、一九九六年

露天市を切り裂く怖れ

日々を送るという基本的な営為の範囲は、もちろん狭い。しかしその狭さは、損得に関係なく、人が人としてあるための状況のあやうさを肌で感じ取り、暮らしの現場で持ちこたえると同時に、あやうさが人災でしかない事実をみずから納得し、また周囲に少しずつ納得の微熱を出させるために必要なものだった。狭さを生きる精度は、広さを把握するために欠かせない。こんなことは常識以前の、身体感覚に等しいと私は思っていたのだが、どうやらそうでもなくなってきたらしい。

すべての面においていまだ解決と収束の糸口すらつかめていない危機を危機とあえて見なさず、目の前にある自分にとって必要なものだけをぱっと摑んで、それが目の前にやってくるまでにどのような過程を経てきたのか、この先どうなるのかを考えようとしない。あるいは、過去も未来も曖昧な霧のなかに追いやり、茫漠と浮かびあがる輪郭を、切実さのかけらもなしに、自分にとって都合のよい文脈で読み替える。それが現在における人々の感覚に近いのではないか。

切実さがあるとは、ではどういうことなのか。それがあれば、過去も未来も無関係に、むきだしの現在を生きることが許されるのか。昭和二十一年七月の晦日、明日から市場閉鎖の命が下っている東京上野のガード下には、たしかに、いまといまがぶつかりあうことによってのみ生じる火花が散っていた。「いくら食つても食はせても、双方がもうこれでいいと、背をのばして空を見上げるまでに、涼しい風はどこからも吹いて來さうにもなかつた」と説明される欲求は、しかし、すでに欲望という形に変化を遂げ、そのつど再生可能な現在として人々を支配しつつある。

そこへ「一箇の少年」があらわれる。「道ばたに捨てられたボロの土まみれに腐つたのが、ふつとなにかの精に魅入られて、すつくり立ち上つたけしきで、風にあふられながら、おのづとあるく人間のかたちの」、汚れに汚れ、デキモノにおおわれた異貌の生きものを見て、欲望の塊となった周囲の人間がつぎつぎに道をあけていく。語り手は、それが恐怖のなせるわざだという。

ひとがなにかを怖れるといふことをけろりと忘れはててからもうずゐぶん久しい。日附のうへではつい最近の昭和十六年ごろからかぞへてみただけでも、その歴史的意味ではたつぷり五千年にはなる。

焼け跡になる前の世界は、すでに遠いむかしである。自分をだました相手のことも、だまされた自分のこともきれいさっぱり忘れ、「例の君子國の民といふつらつき」はひとりもいない。そこにあらわれた少年が、その存在感と行為のみによって人々を後ずさりさせ、昨日も明日もなく今だけにしがみついている者たちを驚かすのだ。彼の行為はひとつの譬《たと》えであり、「けだしナザレのイエスの言行に相比すべきもの」だった。語り手はこのあと、豚ではなく獰猛《どうもう》な狼と化した少年に付け狙われ、取っ組みあいの末、財布を奪われる。組み敷いて、一瞬うえになった「わたし」が見たものは、やはりイエスの顔であった。

ただし、言葉を奪われることはなかった。欲に目のくらんだ空間を切り裂き、畏怖に等しい恐怖の念を与えた少年じたいがひとつの言葉だったからだ。相手は言葉を奪う必要などなく、逆にあたらしい言葉を付与して消えていったのである。少年の別名は「焼跡のイエス」。市場は翌日、真っ平らになっていた。葭簀《よしず》張りの厩《うまや》のような小屋が建ってはいても、言葉の救い主など生まれようのない時代が始まろうとしていた。石川淳が一九四六年に発表したこの短篇の主人公は、それに抗して、真っ平らにされる危機に瀕した記憶の露天市に凹凸と破れ目をつくろうとしたのである。真の言葉は、この怖れの線上に開いた破れ目にこそあるのだ。

†石川淳「焼跡のイエス」『石川淳全集』第二巻、筑摩書房、一九六八年

うてなの錬金術

かつて「四角な卵」という表現に出会って以来、丸みを帯びた三角と四角い円のどちらが精神的にしっくりくるのかを折に触れて考えているのだが、いまだ結論は出ていない。そもそも結論などあるはずもないのだ。「例えば、三角形が存在するなら、なぜそれが存在するかの理由ないし原因がなければならぬし、存在しないなら同様にそれの存在することを妨げたりその存在を排除したりする理由ないし原因がなければならぬ」とスピノザは書いた。

なぜ四角の円が存在しないかの理由は四角の円なるものの本性自身がこれを物語る。つまりそうしたものの本性が矛盾を含むからである。

（「第一部　神について」定理一一）

もちろん十七世紀オランダの哲学者の崇高深遠な思想と私の妄想など、比較にもならない。逆に、比べようがないからこそ抗しがたい魅力が生じるのだろう。丸みを帯びた三角形がただそこにあると片付けるのではなく、なぜそれが存在するのか、存在しないとすればその理由はなにかを突き詰めて考えるというこのじつにまどろっこしい道筋に、抽象性を超えたぬくもりが、音が、匂いがある。「四角い円」と「円い三角」の重なる部分を殺さないこと。おむすびころりんのころりんという音は、その重複部分から響いてくる音であって、単なる円、単なる四角では、転がったときあんな音は出てこない。

いや、はざまの部分を形にしたものならすでに存在するではないかと言う向きもあろう。たとえば十九世紀初頭のプロイセンに生まれた物理学者フランツ・ルーローの名を冠する三角形がそうだ。各辺をゆるやかにふくらませたような等幅図形としての三角形は、正方形という四角に内接しながら回転することができる。抽象に抽象を重ねなくても、それをロータリーエンジンのように現実に役立つものとして具現化すれば、頭のなかだけの証明遊びはたちまち終了する。しかしスピノザにとってその重複部分が神の存在証明のために必要不可欠な精神の支えであったように、私もまた、「四角い円」と「円い三角」のあいだに、ぜったい目に見えてはならず、しかも確かにそこに存在する「言葉にならない言葉」を措定しておきたいのである。ただ信じるだけでなく、その見えない部分の周辺を手で探りつづけていたいのだ。

餅は圓形《まる》きが普通《なみ》なるを故意《わざ》と三角に捻《ひね》りて客の眼を惹かんと企《たく》みしやうなれど實は餡をつゝむに手數《てすう》のかゝらぬ工夫不思議にあたりて、三角餅の名何時しか其近在に廣《ひろま》り、この茶店《ちやや》の小さいに似合ぬ繁盛、しかし餅ばかりでは上戸が困るとの若連中の勸告《すすめ》もありて、何はなくとも地酒一盃飮めるやうにせしはツィ近頃の事なりと。

国木田独歩の短篇、「置土産」の冒頭である。この茶店で主人夫婦の若い姪たちが働いていて、体型も性格も対照的な彼女たちの細くて元気なほうに、二十代後半の油売りの男が密かに想いを懸けている。舞台は明治二十七年、日清戦争のさなかで、男は戦地で一旗あげるべく旅立つのだが、一方のみに心を伝えるわけにいかず、ふたりに置土産の櫛を、それと悟られないように残していく。彼の不在を支えるのは、女たちが日々つくり出している円い三角形である。しかし男にとって三角餅を生み出すてのひらは、ついに自分のものにならない、また、自分のものにしてはならない理想の形状なのだ。その証拠に彼は存在の油を売ったまま大陸から戻って来ない。

スピノザの軌道と独歩の軌道が、こうして私の頭のなかで交わる。交わってできた部分は空白ではない。円が普通であるものを三角にしてみせるてのひらのぬくもりがある。この見えない存在としてのぬくもりがあって、はじめてころりんという運動と音が生み出され、言葉にならない言葉はそのあたたかいうてなに載る。錬金術は、そこから生まれるのだ。

†スピノザ『エチカ　倫理学（上）』畠中尚志訳、岩波文庫、一九七五年
国木田独歩「置土産」『武蔵野』民友社、一九〇一年

私はあたまをかかえた

　そもそも茶碗に珈琲をつぐなんてふつうの感覚ではありません、これはよほど古い時代の話だと思います、と彼女は言う。いや、ふつうではないけれど、ありえなくはないですよ、と彼が反論する。むかし親戚のおじいさんが、朝ご飯を食べたあと、湯飲みではなくお茶碗に緑茶をついで飲んでいるのを見たことがあります、そうすると熱いお茶が少し冷めて口にしやすくなるし、こびりついた米粒を無駄なく落とすのにもいいんだと話していました、だから碗で珈琲を飲んでもおかしくはないような気がします。ご飯を食べ終えたお茶碗で珈琲を飲むなんて気持ち悪いじゃないですかとすぐさま反論した彼女に、それで米をふやかせだなんて言ってません、戸棚から出したばかりの、きれいなお碗にということですと彼は真剣な顔で応じる。

　ふたりのやりとりを聞きながら、「私はあたまをかかえた」。珈琲茶碗という言葉をごくあたりまえの日常語としてとらえていたおのれの愚を悟ったのである。彼らの語彙にこの四文字は存在しないらしい。珈琲は西洋のもの、茶碗は和のものだから、両者の結びつきが不自然に感じられるのだろうか。陶磁器の産地で生まれ育ち、厚ぼったい志野や織部のコーヒーカップを珈琲茶碗と呼ぶ大人たちのなかで過ごしていた者としては、ここで立ち止まるのかと嘆息せざるをえなかったのだが、目の前にある文字はたしかに片仮名表記のコーヒーであり、「茶碗に／コーヒーをついだ」とあるだけで複合語にはなっていない。私は先をうながした。

茶碗のコーヒーにミルクを入れて「ミルク・コーヒー」にし、砂糖を入れて小さな「スプン」でかきまわす。彼女が口を開く。わたしも缶のミルクコーヒーが好きなのでやっぱり現代の話かなと思い直したんですけれど、すぐそのあとに「スプン」と書かれていて混乱しました、いまならスプーンと言うはずです、それに、ここで「私」が相手にしている人は煙草のけむりで環をつくったとあって、こんな遊びはいまの大人はしませんから、かなり幼稚な印象を受けます。彼のほうは黙ってなにかを考えている。「私」は向きあっている人物が茶碗にコーヒーを注ぎ、ミルクと砂糖を入れ、煙草に火を点けてけむりを吐き出し、灰皿に灰を落とすのを眺めている。そして、なにも言わずに立ちあがり、レインコートを着て雨のなかを出て行くのを目で追う。

私の方を見なかった
それから私は
私はあたまをかかえた

A4一枚にコピーされた詩篇はそこで終わっている。この「私」と、「私」が見ているレインコートの人物は、男なのか女なのか、どんなあいだがらなのか、何歳くらいなのか、頭をかかえたあとの「私」はどうするのか。応酬はしばらくつづいた。コーヒーと茶碗の関係は、たがいに相容れないまま男と女のそれに変わり、結局は好き嫌いの問題ではないかといつものあやうい結論に近づくにつれて、そもそもなぜこのような詩を読まされなければならないのかという疑問と不満がこちらに向けられる。

理由は、はっきりしている。追悼としてだ。配布したのは、ジャック・プレヴェールの「朝の食事」。訳者は小笠原豊樹である。岩田宏の筆名を持つこの詩人は、二〇一四年十二月のはじめに亡くなった。手持ちの版は、昭和四十二年十二月に河出書房から刊行された、「ポケット版・世界の詩人」の第十一巻『プレヴェール詩集』だが、作品はコピーで全部ではなかった。私は最後の一行をあえて隠していたのだ。訳書の頁を一枚めくると、右頁の右端に、ぽつんとその一行が刷られている。レイアウトの関係で偶然そうなったのか意図的なものなのかはわからないけれど、原文ではずっと「彼」と示されている茶碗にコーヒーをついだ人の相手は、両腕で頭を包んでこう書く。日仏両国の詩人は、その一行のために、わざわざコーヒーを茶碗についだのである。「私」は言う。「それから泣いた」と。

勝手にしやがれ

台所のことを実家ではお勝手と呼んでいた。我が家だけではなく、ご近所のおばさんたちもみなそう言っていたように思う。こんな話をするといつの時代に生まれたのだと訝《いぶか》しがられるのだが、昭和四十年代前半の日本列島のなかほどに位置する小さな町で暮らす子どもが出会う大人の女性たちの口から、台所なんて言葉が出てくることはほとんどなかった。

当時我が家の行きつけだったご近所の八百屋は、いまで言うちょっとしたスーパーみたいな品揃えで、野菜だけでなく魚の切り身や肉類もあったし、調味料や生活用具も扱っていた。古くからあるこの店は月末払いをまだ認めていて、持ち合わせがないときでも、店のおばさんに頼めば付けで持ち帰ることができた。横長の付け帖に、名前と日付と品目と値段が毛筆でさらさら記されるのが楽しみだった。

店先にはぐらぐらした水栓柱があって、その下にポリバケツが置かれ、蛇口から細い水が流しっぱなしにされていた。あふれ出る水の底には、真っ白な豆腐が沈んでいた。薄暗い帳場に行くには、そのバケツの横から奥につづく通路をたどらなければならず、生きもののような豆腐の白さがいやでも目についた。おばさんは当時何歳くらいだったのだろう。過去にいろいろいきさつのある女性らしく、子どもの目から見ても不思議な色香があった。皺の多い顔に豆腐に負けないほどの白粉《おしろい》を塗り、いつも真っ赤な口紅をさしていた。中途半端な時間に顔を出すと、今日は学校はどうした、お母さんは忙しいか、いい鰹節が入ったって言ってくれなどと、少しも笑っていない目で笑顔をつくった。

付けで買い物ができるのは大きなことだったから、店はけっこう繁盛していた。配達を頼む常連もいて、箱がかさばるからお勝手のほうにお願いねとか、勝手口の前に置いておいてくれればいいからとか、そんな会話もよく耳にした。「おかって」が「お勝手」という漢字と一致するのはまだ先のことだが、「おかって」が台所の意味であることはもちろんわかっていた。

町はずれの山がいくつも崩され、新興住宅地に生まれ変わった頃、電車で一時間ほどの都市の周辺から若い勤め人の一家がつぎつぎに移り住んできた。私の小学校にも言葉のちがう子どもたちが入ってくるようになったのだが、仲良くなって家に遊びに行くと、お勝手をお勝手と言わないお母さんたちが顔を出してお菓子をくれたりした。付けで買うことのできるような八百屋を、そういう人たちは利用しない。おまけにいままでの客が大型スーパーに流れて、善意の八百屋はある日突然店じまいした。

十数年後、私は上京してひとり暮らしをはじめた。借りていた四畳半の部屋には、ひと口コンロの置ける小さな台所があった。お勝手はすでに遠い過去である。ワンルームマンションに住んでいた友人は、うちにはミニキッチンがあるなどと言って、お勝手をますます彼方へ追いやった。さらに数年して、『キッチン』という小説が話題になった。とうとうここまで来たか、もはや台所でさえないのだ、台所やお手洗いが消えて、これからはもうキッチン、トイレ付の物件を探すしかないのだろうか。雑誌に載ったその作品の冒頭部分を開いて驚いた。キッチンの影はどこにもなく、台所の二文字が幾度も繰り返されていたからである。

若い人たちの前で、私はいつのまにかそんな話をしていた。いっしょに読んでいた小説に木賃宿という単語が出てきて、それをある若者が「もくちんやど」と読んだのが脱線のきっかけだった。「きちんやど」だよと訂正し、どんな意味だと思うか尋ねてみると、しばらく考えて、キッチン付のホテルと答えた。私の目は、きっとあの八百屋のおばさんのように、少しも笑っていなかっただろうと思う。

遠まわりの思想

薄暗いそのコンクリート敷の床の上には鉄製の小さな作業台がふたつあって、学生が入れ替わり立ち替わり、いつもなにかをいじりまわしていた。万力、ドリル、半田《はんだ》ごて、熔接機。簡易ながら年季の入った道具を使って、拾いもののパイプや鉄板を切り、削り、組み合わせていく。かつて十年ほどのあいだ、私はこの小中学校の図工室かガレージを思わせる空間を通り抜けて、週に何度かおなじ建物の四階に与えられた研究室に通っていた。研究室といっても本が詰め込まれた個室にすぎないのだが、環境が環境なだけに、自分もなにか実験をしているような、ちょっと誇らしげな気にな
ったものだ。

あるとき、その作業台に、顔なじみの若者が屈《かが》み込んでいた。鉄片にドリルで孔《あな》を開けている。きゅんという金属音に遅れて流れてくる機械油の焦げた臭いが鼻を突い

た。しばらく様子を観察し、作業の手が止まったところで、なにをつくっているのかと尋ねてみると、冷却水を流すためのパイプを浮かせて固定する金具だという。自作の実験装置のための部品をこしらえていたのである。測定機器なんかは無理ですけど、構造体そのものは特注するより最初から自分たちで工作したほうが早いし、あとで修正がきくんです、と彼は言った。なるほど、じゃあどうしてもっと文法をやらなかったんだ、動詞の活用ひとつで文の構造がある程度まで解析できるのに。意地悪を言うと、彼は笑ってごまかした。一年生で取得すべき語学の単位を卒業年まで持ち越すという前科があったのだ。その後、大学院に進んで白衣を着るようになってから、基礎の大切さを再認識し、過程に目を向ける習慣を身に付けたらしい。

実験は目的にあった装置の設計と製作からはじまる。中身がどうなっているのかわからないメーカー品を購入してスイッチを入れるだけでは把握できないことが、それである程度まで明らかになる。思考の動線が見えていれば、欠けている機能を補うために外から部品を入れても混乱は生じない。図面を自分の手で立体化することによって、よりよい連結点が見出される可能性も高まる。これは二次元を三次元に移す簡易な装置が売り出されている現在においてもなんら変わらない真実であって、むしろすべてがディスプレイのうえで処理されてしまう世においてこそ求められるべきものだろう。

その後、先の若者が所属している学科の先生と会議の席で隣り合った。私は実験装置の話を持ち出し、必要に迫られた遊び心を賞賛しつつ、これは言葉を選び組み立てるうえでも、論理と計算をはずれた現場での発見をうながす点においても重要なことですね、と言ってみた。手を動かして記憶した言葉は、とても丈夫だと思います。理論派の先生は深く頷きながら、それをさらに発展させる知的な表現で賛意を表した。魚が欲しいときに最初から素手でつかもうとせず、時間と金をかけて道具をつくるほうが最終的にたくさんとれるという、経済学の譬えとおなじですよ。迂回生産てやつですね。

語学や文学は、迂回に支えられている。最終的には利益に結びつく話でも、利益の出る手前までの試行錯誤に重きを置いて、過程を自分のものにすればいいと考えることが許される。実学を標榜し、効率を求め、ファジーですら数値で制御しようとする職場で耳にした迂回の一語に、私は深く慰められた。生産に結びつかないかぎり遠まわりに意味は認められないというのが厳しい現実だったのである。しかし、いまやそれが、特定の分野ではなくもっと広い世界の現実になっている。

　そんなことを考えながら調剤薬局で順番待ちをしていると、薬剤師の女性が、迂回生産、迂回生産、とやさしい声を発した。老齢の女性が、小さな返事をして椅子から立ちあがった。さん、をのぞいた部分が彼女の名前だったのだ。うかいせいさんは、数列の長椅子に占められた一室をぐるりと迂回して、塵ひとつないカウンターに向かっていった。

発語のくちびる

ひょっとしたら、であればふつうに使いますが、ひょいとしたら、という言い方に出会ったのははじめてです、意味は、もしかしたら、とおなじだと思いますけれど、これは正しい表現なのでしょうか、と質問者が言った。読んでいたのは、林芙美子の「濡れた葦《あし》」の冒頭である。

女中にきいてみると、こゝでは朝御飯しか出せないと云ふことで、ふじ子はがつかりしてしまつた。子供たちは、いかにも心細さうにあたりをながめてゐる。ふじ子はひよいとしたら、丼物でもとつてもらへるかも知れないと、女中に、何か食べものを取りよせてもらへるかときいてみた。

二十八歳になる主人公ふじ子は、七歳の息子と四歳の娘を連れて、新宿の旅館に泊まっている。夫は信託会社の不動産課に勤めているのだが、しばらく前から転職を検討中だ。「銀座裏の酒場の女給」と関係していて、三日ほどその愛人と過ごして帰ってくる。ふじ子は夫に、我慢できないから子を連れて郷里の姫路に帰ると言う。夫は勝手にしろと突き放す。子どもたちと家を出たのはその晩のことである。

このとき夫は、商売をおこすための資金繰りをかねて下関の実家に帰っていて、事情を知らずにいた。親族をまわり、最後に祖母を拝み倒して貯金を全額下ろさせ、ふじ子ではなく子どもたちのために土産を買って家に戻ると、だれもいなかった。

宿での夜、結婚後八年におよぶ「敗滅の人生」を振り返ってふじ子はしんみりとし、不意にかつての恋人を思い出す。何年か前の年始状に記されていた会社の名を頼りに連絡してみると、胸を病んで千葉の稲毛の宿で療養中らしい。ふじ子は男への手土産を買い、ふたりの子を連れて教えられた海辺の宿に向かう。あまりに突飛な行動で、「何の自制もない、たゞ足まかせな暗澹《あんたん》とした気持だつた」。

結論から言えば、ふじ子は夫に離縁を告げることになるのだが、そこまでの流れを、小気味のいい、しかし適度に湿った言葉でたどっていくこの小説に、題名に選ばれた単語は一度も出てこない。作品のタイトルをその内容と合致させず、双方にいくらか距離を設けたほうが収まりのいい場合もある。林芙美子の短篇は、そんな話の一例として紹介したものだった。

朝食しか出せない安宿で、遅い時間に腹を空かせた子どものために丼物を頼む冒頭部がすでにひとつの世界を提示している。ふじ子は、自分は食べないつもりで、親子丼とうどんかけをひとつずつ頼む。しかし息子は丼物を残し、娘は箸をつける前に寝てしまう。ふたりの余りものを彼女は残さず食べる。なんとも言えない諦念と事前通告された悲しみが染み出す林芙美子ならではの書き出しだ。

ひょいとすると。重さを軽みで包んだような音がする。これは正しい副詞で、『日本国語大辞典』には、「ある状況になる可能性があるさま。何かのはずみで。どうかすると。ともすれば」という定義につづいて、小林多喜二の「防雪林」(一九二八年)の一文が引かれている。「ひょいとすると、生温いのが、顔にとんでくることがあった」。こちらの説明に質問者は感心しつつ、臆することなくあらたな問いを発した。

生温かいのって、なんですか。

私は黙ったまま胸のなかで答えた。それは自分で調べよう。言葉はいつもだれかの食べ残しなんだ。「ひよいとすると」、本のなかから、文章のあいまから、生温かい血が、米粒が、うどんの汁が飛んできて心にかかることがある。そしたら下手に拭ったりしないで自分の口でそっと吸ってみるのさ。くちすうの夢はいつまでも醒めることがない。濡れた葦のように頭《こうべ》を垂れて集めた言葉のしずくが吸われるまで、きみの発語のくちびるを、ずっと待っているんだと。

†林芙美子「濡れた葦」『林芙美子全集』第十五巻、文泉堂出版、一九七七年

Ⅱ

春のなかに春はない

春の空は破れることがない。心に裂け目のできるような出来事があっても、秋の空にならった裂帛《れっぱく》の激しさで震えるかわりに、色や匂いをそのまま私たちに差し出す。その色が今度は自分のほうに移ろって、目に見えるものすべての色相を本来の姿に戻してくれるのだ。春の明るさは、過度な補正のない、ありのままへの回帰である。といって、激しさにも欠けてはいない。霞の頼りなさが一瞬にして重みをまとう奇跡を、私たちは毎年、新鮮な驚きをもって受け入れている。そして、何百年も前の春をまぎれもない現在のこととして味わい、またこのような時代だからこそ、とうに自分のいなくなった小さな島国が迎え入れるだろう何百年も後の春にも、心を届かせようとつとめる。

繰り返される季節の力は大きい。過ぎた春、過ぎにしかたの思いは、身体が覚えている。しかし人の記憶は、文字どおり人の夢のごとく儚い。油断するとやさしさも厳しさも忘れて、春を春でなくしてしまいかねない。不安定なその心持ちをなんとかつなぎとめてくれるのは、芸術であり、言葉ではなかったか。春が来たなら、しかもひとりだったら、もう余計な歌はうたわない、と夭折した詩人が書いていた。手を伸ばして、そっと花に触れればいいのだ。すぐれた作品を前にすると、なにかを詩いたくても言葉など容易に出てこない。だからこれは、ある意味で強いられた沈黙だとも言えるのだが、深い喜びとともに進んで口を閉ざすと表現したほうが、むしろ真実に近いだろう。

なにかを他者と共有したいという前向きの気持ちに、春は初々しい羞じらいの靄《もや》をかける。あたたかく穏やかな顔をしているからといって、それをただ花粉のように撒き散らすことはない。春を描いた作品にも、それは正しくあらわれる。尾長鶏は竜骨を抜いてさらに身を軽くしながら、枝にとまるのではなく飛んでいる脚で枝を支え、春の営みを抑えた黒猫は頭上に覆いかぶさる桜の滝を瞳の力で静止させ、椿は枝を離れて六面の闇に浮かぶ恒星となり、ぽとりと落ちる赤白の椿たちは言葉の重力を逃れ、中空を泳ぐ魚になりかわって、句のなかにずっと留まりつづける。椿と鰆《さわら》。春を抱える命には、どちらにも硬軟の動きがある。

ただし、春のなかに春はない。少し遅れて、もしくは少し先んじて春を連想させる虚構の世界のなかに、春はある。やうやうしろくなりゆくやまぎはすこしあかりてと書いた清少納言の試みは、基点のはっきりしない状態で前後を言い当てようとする、虚しくかつ豊かな試みだった。ものごとの本質は、山の際、山の端に滲み出る。その光の帯が年を経るごとに変化して、言葉や絵画と向きあうこちらの視力にも影響を与えていくのだ。もう二度とおなじ春は帰って来ないという残酷な事実だけは、やわらかく隠したままで。

結びし水の解け出すところ

子どもの頃ほとんど毎日のように遊んでいた神社の境内に粗い石造りの手水《ちょうず》があって、冬になるとそこに氷が張った。晴れた日にはなかば解けかかった薄い氷がプレパラートみたいに端のほうからはがれて、湧き水の流れにふらふら漂っていた。そのかけらを摘まみあげ、淡い陽にかざして自然の工房の出来映えを確かめたあと、そっと口に入れて冷たい冬の味を楽しんだものだ。寒さの厳しいときには横着をして手袋をしたまま氷に触れるのだが、素手でも平気になってくると、それがそのまま春の徴になった。手水のうえには屋根があって陽当たりがいいとは言えなかったけれど、冬の低い光は手桶のある水盤を直接とらえていたので、氷を解かすのはこの陽差しか気温の上昇だろうと私は考えていた。そこに風を用立てる感覚はまったくなかったといっていい。だから『古今和歌集』のほぼ巻頭、春歌上の二番目に置かれている紀貫之の、

「春たちける日よめる」と詞書きのある有名な一首を、しかしそうと知らずにはじめて読んだときの、それこそなにかが氷解したような感覚をいまだによく覚えている。

袖ひちてむすびし水のこほれるを春立つけふの風やとくらむ

去年の夏、どこかの井戸で袖を濡らしながら掬《すく》って口にしたその水が、冬になって凍ってしまった。いま立春の風がそれを解かしているだろうか、おそらく解かしていることだろう、春はきっとそこまで来ているのだろう。冬を迎え、さらに春立つ日に到るまでの時間の経過が、結んで解き、袖を裁つという縁語のなかで示される。上から下まで滑らかに言の葉が流れていくこの一首によって、氷を解かすのは日光や大気ではなく、春の風でもありうるという視点を私は教えられた。そうか、風が氷を解くのか。温められた空気が吹き込むのだから、大気といっても風といってもおなじことのように思えるのだが、しかし動きのある風とただじっとしている空気の層とでは、氷の表面を見つめる視線への負荷が大きくちがってくる。春風と解氷の関係が『古今和歌集』の独創ではなく、すでに『礼記《らいき》』の「月令《がつりょう》」なる下敷きがあり、それに則っているこことを学んで、その「古」をやわらかい「今」に読み継いだ知の風の働きに、なおさら感じ入った。春の陽差しではなく春立つ日の風が氷を解くのだとする認識の妙が、この歌の景色を成り立たせているからである。

一首の世界の主人公が詠み手自身であると見做す必要はない。たしかに結ぶの主語は隠された「私」ではあろう。しかし、貫之の体験が生きているとしても、袖を濡らして水を掬った人はあくまで歌のなかの登場人物だと読むこともできる。ここではむしろ視点を特定の個人から離して、抽象度と映像の精度を高める楽しみのほうを選びたい。作者と歌のなかの一人称に距離をもたせておきたくなるほど、立ちあがる景色が鮮やかなのだ。

架空の「私」がてのひらを水に差し入れる前に見つめた水面の光景。龍田川や大堰《おおい》川の秋の色濃い眺めではないとしても、夏の日の繁茂する緑の層が、凪《なぎ》の湖のように井の水を染めていたかもしれない。彼自身の顔がかすかに揺れながらそこに映り込んでいたと想像することもできるだろう。ナルキッソスさながら、解けるはずのない自己愛に溺れていたのかもしれないし、恋の相手を、あるいは恋していた人を想っていたのかもしれない。どのくらいの角度で腰をかがめ、手と顔のあいだにどのくらいの間隔を保ち、袖が濡れたことにいつ気がついたのか。結びしと過去に追いやられているように見えるけれど、水が口もとに近づくまでの、鮮明だが不確定な、連続する映像が現在進行形で展開されている。

むろんこの歌の眼目は、春を告げる風、氷を解く風が吹いて季節が移ったという、毎年繰り返されてきた、しかもそのつどの発見の瑞々しさにある。『古今和歌集』の四季の配列は、ひとつの様式美に基づく時間の推移そのものだ。繊細を極めた四季の分節がゆるやかにつながり、重なりあいながら一反の織物をなしていくそのリズムは、編集の力がいかに大きいかをはっきりと示している。

この精緻な構成によって生み出される時の移ろいに、かつてはなかなか順応できなかった。文字から伝わってくる季節の帯を、幼い時間概念が勝手に追い越していたのである。しかし半世紀を生きたいまこの歌集を開くと、撰者のみならず他の歌人たちも、完成しつつあった様式に従いながらほんのわずかずつ規矩《きく》を逃れて、それぞれに豊穣な世界への突破口を用意しているように感じられる。物事の本質は「あたりまえのこと」と「あたりまえのこと」のあいだで生まれるというもうひとつの「あたりまえのこと」が、ようやくぼんやりと感知できるようになってきたのかもしれない。そうなると、言葉ひとつが重くなる。さらりと詠み流している、頭で考えたことだけで処理しているといった後ろ向きの印象が消えて、この時代の人々が「古」を十二分に意識しつつあたらしいものを生み出し、それを「今」に注入してきた跡が見えてくるのだ。

袖ひちての歌には、鋭敏な季節感と尖らない機知がバランスよく収まっている。そこに歌の芯があると言ってもいい。しかしここには、もうひとつの時空が、まちがいなく過ごされた秋が隠されている。その一語を使わずして夏から冬へと飛ぶ前半の飛躍が想像力を刺激する。語られない秋があるからこそ、結ばれた水の周辺から離れることができなくなるのだ。ベラ・バラージュの表現を借りれば、「果物の果汁や香りが出てくるのは、芯からではない」*。立春の風は氷を解かすだけでなく、この一首の芯ではない部分から、物語というほどの規模ではない、なにかべつの時空に身を置いている詠み手の心の香りを運んでくる。

歌のなかの「私」が、水を掬ったときの自分の手の動きとてのひらの感覚を覚えているとしたら、その記憶は異なる要素と合わせて立っているはずだろう。歌の外にあるそれらの要素が、こぼれた水の表面に氷が張ることで胸の痛みのようなものを封じ込めたのだとしたら、そして立春の風がその封印を解いたのだとしたら、春は彼にとって穏やかなものではなくなる。もしかするとこの一首に詠まれた情景は、解けた氷の下から過去がよみがえっても、もはやそれに左右される「私」ではないとの自負と、そう見せかけようとしている虚勢によって支えられているのかもしれない。

右の貫之の歌は、巻第八・離別歌の一首（四〇四）に関連があると注釈書には記されている。水を掬ったのは「志賀の山越え」の際の「石井《いしゐ》」、つまり清水を湛える石の囲いだとする読みで、その歌の詞書には「石井《いしゐ》のもとにてものいひける人の別れける折によめる」とある。「ものいひ」と来れば、『伊勢物語』の、「むかし、ものいひける女に」のような艶っぽい話ではないかと心が騒ぐのだが、どうやらここでは親しく語らった女性という程度の意であるらしい。

結ぶ手のしづくににごる山の井のあかでも人に別れぬるかな

浅い水場の底には、細かい砂や泥が溜まっている。指のあいだから零《こぼ》れ落ちる水は、静かな波紋を呼ぶどころか沈んだ砂を舞いあがらせ、水を濁らせてしまう。あと少し飲みたいと思っても、濁り水になってしまった以上、それができない。おなじように、この歌の「私」は、井の端でもっと言葉を交わしたかった女性としかたなく別れたのである。一首の内容が相手に対する社交辞令でなかったらどうなるか。二首を無理に関係づける必要はないとはいえ、言葉の飛び石づたいに読み進めるなら、「志賀の山越え」のつながりで、「女のおほくあへりけるによみてつかはしける」とある貫之の、春歌下に収められた第一一五番を脇に添えたくなる。

梓弓春の山辺を越えくれば道もさりあへず花ぞ散りける

都から志賀へと抜ける山越えの道は、崇福寺へ参る通り道だった。狭い山道でかち合ったら避けきれないほどの花々――『失われた時を求めて』の一節のように、花と見紛う女性たち――が咲いている。その女性たちのひとりと言葉を交わして「ものいふ」仲になったという物語が成り立つかどうか、確かなことはなにもないけれど、部立てによって振り分けられた三首の「私」を同一人物だとして「筋道」を設けるなら、一一五、四〇四、二の順になるだろう。歌物語のようでそれも一興だが、二番に焦点を当てて男女のいきさつを薄い氷の下に封じ込めたとする詠みは、かえって色が薄くなる。なぜなら、三首のなかでは二番の一首がやはり抽象の度合いも調べも抜きんでているからだ。あらためて引こう。

袖ひちてむすびし水のこほれるを春立つけふの風やとくらむ

ここには、具体的かつ抽象的な風が吹いている。袖まわりの心の秘密が秘密のままに残され、そのぶんだけ、歌の奥行きと透明度が増している。縁語を駆使した理智的な詠みが少しも冷たい印象を与えず、はじめて和歌の勅撰集が編まれるまで閉ざされていた氷を春の風で解かす、幕明けの合図として響いてくる。見えないものが見えるものを解かして、それと明らかにできないなにかを解放するのだ。こうなると、先の三首の関連づけとは異なる文脈で、言及されていない「秋」を主体がいかに過ごしたのかについて思いめぐらしてみたいという誘惑にも駆られる。そういう「隙」がこの歌にはある。

歌を詠んでいる現在としての冬、水を掬った去年の夏、風が立って告げられた来るべき春、そしてすでに過ごされた秋。四季がすべて含有されているのに凝縮を感じさせない凝縮の度合い、歌の「芯」を外して秋を現出させる、技法というより人の本性にかかわる黙説法。『古今和歌集』には、本質しかないような顔をしていながら、本質だけを見ると立ち姿のぼんやりしてしまう歌が少なくない。「袖ひちて」の一首の滑らかさは、本質だけしかない幻聴を起こさせる。しかし幾度も音を再生しているうちに、その隙から「果汁」が流れてくるのだ。

書かれていない秋に、なにがあったのか。秋が来て、去って行ったことさえわからないほどの出来事があったのか。一首のあいだの四季の、文字としては不在の秋を追っているうちに言葉を覆う薄氷が解ける。解けた言葉で得られた自由は、時空を超える突拍子もない連想をも許す。この勅撰集から千年後に編まれた現代詩の詞華集のなかで、私は岩佐東一郎の「四季交代」と題された一篇を知った。**

春が
雪にひそんで来るなら
散る櫻は

夏の種子《たね》でせう。
冬は静かに
落ち葉の葉書で知らせてくれますが
秋は前以て
詩人の心に
小さな聲で
電話をかけてくれるだけです

大正十二年に刊行された『ぷろむなあど』所収の一篇である。タイトル通り、ここには部分的に折り重なるようにして移りゆく四季が、軽やかなリズムとあえて深みを拒む才気を選んだ詩人によって巧みにつなげられているのだが、若かった私は、この詩の、とくに「秋は前以て」の一行を「袖ひちて」に重ね合わせていた。貫之の歌のあとで久しぶりに読み返してみると、比較とも言えない比較の安易さに呆然とする一方、「袖ひちて」のなかに確実にあって表に言われていない秋は、じつは袖を濡らす行為そのものによって、「前以て」示されていたのではないかとも思う。袖を濡らすのは、水を飲むときばかりではない。拭うものは他にある。言及されない秋は、「よろづの言の葉」ではなく「落ち葉の葉書」で追い越されてしまうほど身近な苦しみを覆い隠しているのではないか。推量の「らむ」が、しみじみと重い。情景を想い描いているだけで、それを見たわけではないという設定がじわりと効いてくる。

いったい、これはいつの秋のことなのか。そういえば、貫之の従兄弟であり撰者のひとりであった紀友則が、勅撰集の完成を待たずに亡くなったのも秋の出来事だった。正確な年のわからないその秋の所在は「小さな聲で」囁くように伝えるほかないとしても、伝えたいと願うのは、流れる言葉を一時的に堰き止める山の井で袖を濡らしたのが水ではなく涙だったからではないか。未来を「前以て」告げる過去の出来事という時空のねじれた想いは、推量の世界に虚しく浮いたままだ。といって、春風が現実に氷を解かしてくれていなかったら、「いま」この歌を詠んでいる「私」はなかっただろう。そんな詠み手の感慨を抱えての不確定の風こそが、これまでだれも触れたことのない氷を解かして、あたらしい氷水を生み出しえたのではないだろうか。

＊ベラ・バラージュ『視覚的人間——映画のドラマツルギー』佐々木基一・高村宏

訳、岩波文庫、一九八六年
＊＊『日本現代詩大系　第九巻　昭和期二』河出書房、一九五三年
†歌の表記は、『日本古典文学全集7　古今和歌集』（小学館、一九七一年）に依った。

時間に濾過された過去の自分は、ひとりの他者である。過去と現在のふたりの自分の距離をどのようにとらえるかは人によってさまざまだが、最も身近な他者が言葉にした感覚を、現在の自分はもう生の形で受け取ることができない。それはあくまで想像のうちにしかないからである。しかし、受け取った言葉のいくつかがまちがいなく私たちを揺らし、震わせてくれるとしたら、両者に架かる橋を渡る行為にどのような表現をあてがえばいいのか、ながいあいだ私はそれを見出せずにいた。

ところが、佐多稲子の短篇を読み返していたら、問題の橋梁の土台になりそうな言葉が、無造作を装った繊細な手つきで、だれにとってもわかりやすい場所に置かれていたのである。十二の短篇からなる『時に佇《た》つ』の、「その十一」。以前読んだときには時に佇つ術を知らなかったせいか、深く心には留まらなかった。

語り手の「私」は、二十年間夫婦として過ごしたことのある人、つまり元夫が亡くなってからの、また、別れてからでも三十年が経ち、老いを迎えている現在の自分の心の、微妙な波立ちを冷静に見つめている。装飾のない簡素な言葉を使って鋭い分析をする一方、時間を複雑に推移させることで、動と静の混じり合う独特のゆらぎを生み出している。

柿村と呼ばれている元夫が死んで一年以上が経過した語りの現在から、記憶は少しずつ過去に向かう。ふたりはともに物書きで、政治的な立場をおなじくし、離婚後も活動の場で顔を合わせることがあった。そんなとき柿村が示す「狎《な》れ合い」に近い笑みを、語り手は素早く看て取る。互いに互いの最も小さな癖を見抜いているのだ。いきさつを知っている大勢のなかで言葉を交わしても、「私」はなんとも感じないのだが、ふたりきりで話すのは「絶対に厭」だと思う。その瞬間、「私」も読者も、なにかにつよく揺さぶられる。

それは自分たちの離別の内実を確かめたようなものだ。その拒否は感覚の上に走った。それは私の硬さでもある。それを自分で知ってもいた。相手を責めての硬さではなくて、私自身の冷えの質なのである。

狎れ合いとの距離の保持を可能にする「冷えの質」であり、これが拒否を生んで「感覚の上に走」る。佐多稲子は一見抽象的な言いまわしに具象の実感を込める。柿村とのあいだにもうけた息子と娘は自分で引き取ったものの、子どもたちと柿村の関係は親戚のようにつづき、柿村は父としてふたりの結婚式に出席し、子どもたちは異母妹の式に親族として参列するなど、つながりは完全に切れずに保たれていた。「私」は再婚相手の女性に悪い感情を少しも抱いていない。

ここにゆきつくまでのおたがいの関係に、燃えるものはすでに愛も憎も、燃やしつくしたあとということだったろう。燃えるものは燃やした以上、私にも相当の自己をいとおしむものがあり、いわばその余裕で立っている。

この余裕があるからこそ、柿村が家族から隔離されるような最期を迎えたことに対して、「私」は「怖れと哀れの混じり合う感情ですくんだ」と言えるのだ。育んできた距離が、善悪を超えた感情を生む。それは特段めずらしいことではない。めずらしいのはそれを明確に言語化でき、その言葉が適切なゆがみをもって感情の波を立たせていることだろう。しかし相手が人間ではなく感情がなかったらどうなるか。一周忌のあと、息子のところに柿村の形見が届けられた。灰皿である。「私」は彼の家でそれを見て、「何かにからまれる、うっとうしい困惑」を感じる。灰皿は黒い陶製で、「私」はそれと対になる赤いものを夫婦茶碗のように使ってきた。別れたあとも捨てることなく使ってきた灰皿のかたわれを前にして「私」は思う。

灰皿はまざまざと柿村を伝える。この灰皿に柿村がおり、そしてまた、私自身さえそこに見えてくるのだ。私の感覚がそのことでひるむ。私の、意識を通じて濾《ろ》過《か》された記憶を、この感覚が叩く。

かつての自分といまの自分。熱い火を押しつけられ、灰に覆われつづけてきた一個の器が、いまの自分ともうひとりのいまの自分のあいだを支える感覚をひるませ、ひるんだ感覚が記憶を「叩く」。私が求めていたのは「この感覚が叩く」という最後の一句である。佐多稲子の語りには、身体を使う言葉が、つまり動詞が「冷えの質」を保証するものとしてあらわれる。感覚を叩くのではなく、感覚が叩くという表現の機微を可能にするのは、自己をいとおしむ余裕ではない。そういう演技をつづけている余裕のなさであり、「ひるむ」ことのほうである。ふたりの自分を結ぶ橋梁の強度検査に不可欠なものとして「叩く」という動詞を記した語り手の「時に佇つ」感覚は、しかし少しもひるんでいない。

†佐多稲子『時に佇つ』河出書房新社、一九七六年

ほとんど無意識におこなっている身振り手振り、そして口振りのなかに、身近にいた親の教えが顔をのぞかせる。この世にいなくなってしまった彼らのことを考えているときではなく、第三者と相対してまったくべつの話をしているときにそれは如実にあらわれるのだが、多くはその教えをうまく消化できなかったという後悔の念をともなう。

幸田文と露伴の関係を支えているのも、亡き父の言葉の真意を自分はものを書くようになるまで理解できなかった、しかし気づいた以上これからは、という前向きの悔いである。壮年期の露伴はかなり荒れていて、手をあげることもあったので、娘は父をあまり好いていなかったらしい。だが双方のいらだちや不満は、娘が幸福とは言い切れない結婚生活を経てふたたび暮らしを共にするようになってから、徐々にやわらいでいった。

　露伴は理論と実践の、双方の均衡を重んじた。文字から得た知識が生活のなかで具体的な行動になり、ひとつの経験として蓄積されていかなければ納得せず、料理や掃除はもちろんのこと、薪割りから化粧に至るまで、あらゆる分野にわたって細かい手本を用意し、あるときは直截に、あるときは迂遠なやり方で娘に伝えた。露伴の教えは、それに堪えてさえいればいつのまにか血液中に酸素を取りこむ力が上がっている、高地トレーニングのようなものだった。いわゆる促成のスパルタ式ではないから万事に時間がかかる。そのぶん深く身に染みて、後々、日常のさまざまな場面でごく自然に滲みだした。

　あらかじめ考えておいた台詞でもないのに、ここという一点でふっと息を吐くような表現の数々は、対話者がいて引き出されたものであると同時に、独白として立ちうる力も備えていた。搦め手からやってくる露伴の、十手どころか二十手詰めの筋を二通りも三通りも用意して平気な顔をしている言いまわしに比べると、幸田文のそれはまさしく五重塔のように地中深くからまっすぐ伸びていて、心棒にゆるぎがない。露伴のほうがむしろたおやかと言いたくなるほどなのだ。自分の粗忽さや不器用さを申告する際のいさぎよい語調が、かえって娘としての想いを表に出すことに貢献している。たとえば伊藤保平との対話のなかで父と酒のことに触れて、彼女はこう述べている。

酒屋にも嫁に行ったし、それから、そういう酒好きな父を持ったしするけど、こうして、死なれて十年たって見ますと、いいお酌というものは、私はいっぺんもできなかったような悲しみが残っております。それはねえ、この間、あるところに参りましたら、ものを食べさせるうちの、まあ、女中さんといいますか、別になんということないおばあさんなんですけど、その人が、お酒をついでくれますのが、本当に年よりですから、しわだった手で不器用に、ただ、ついでくれるのですけれども、徳利の中から出てくるお酒は、その人が心を傾けて、ついでいるという風なんでございます。私はお酒を飲みませんけれど、ヒョッと見ましたとき、からだ中の毛穴が立ったような気がして、「ああ、お酒は、こう、心をしてつぐものなのだ」と思いまして、私は、父にも亭主にも――好きな人にも――お酒を、ツイ、うまくついだことがない、雑な女だったという感じがして、実に後悔したのでございますよ。お酒というものは、心をつぐものでございますねえ！

手練れの小説家が原稿用紙のうえで練りに練ったとしても、これだけの言葉数で、これだけの内容を表現するのは容易ではない。それを彼女は、瞬時に、口頭で、上から下へと水を流すように語ってみせる。これは話芸ではない。芸の厭味はどこにもないからだ。それでいながら、言葉の拍、一文一文の色彩、語られた内容の鮮やかな残像と行間に漂う色香のすべてがなめらかにつながっている。ここで発揮されているのは、教育の成果として凝り固まった「型」ではなく、心棒は立てたまま相手や話柄に応じて自在に姿を変えられる、野放図で柔軟な現場感覚なのだ。

ところで、「型」といえば、江戸川乱歩との対話のなかで小栗虫太郎について述べているくだりがじつに興味深い。

幸田　あたくしはそんなに思わなかったのですけれども、父は、この人かたまりそうだっていうんです。それをかたまらないで、もっといけばいいのにっていってました。

江戸川　かたまりそうだってことは？

幸田　形ができてしまって、外へひろがらなくなりそうだっていうんで、それが気になるけれども、もっとひろがっていけば、面白いのにって。

父親は娘にじっくり「型」を仕込んだ。しかしその「型」が窮屈な「形」になってひろがりをなくし、内に閉じるようなことがあってはならず、「かたまらない型」を身につけてはじめて、ものごとの「模様」を把握できるとも教えたのである。露伴は将棋好きで知られていたが、その将棋は「模様の美しさを考えながら指す」ものだった。定跡にしたがって手堅いほうを選ぶと「模様が平凡でおもしろくない」、ただ「模様を考えて指すような将棋は勝負師じゃない」から自分は素人でいいというのである。現在の棋士のなかには、棋譜は、ことに投了図は美しいのが好ましいとする者もいる。陣形が崩れるぎりぎりのところで負けを認め、残された堡塁の美を守るというのだろうが、露伴における「模様」は静止画像ではなく、展開や過程といった動きを孕んだものである。どんなふうに相手の型を崩して盤上の展開をまぎれさせるか。それは状況をただ複雑にすることではない。相手にも自分にも厄介な一手を選びながら、最終的にはそれが近道であることを示すための方法だった。高橋義孝との対話で、幸田文はこう語っている。

……いまの方ってとても結論だすのが早くて、そりゃ結論が早く出ればどんどん進歩するんですからようございますけれど、ある時間かけなくちゃならないことは、すこし余裕持った気持になっていただきたいって思うんですよ。

ことに人の心の影なんていうものねエ、時間かけて見るというゆとりが一方になければ、やはりまたまちがったところにゆくのではないかという気がいたしますね。

専門の書にあたり、研究の成果を吸収しながらも、露伴は全身全霊で素人たらんとした。将棋名人の木村義雄が断言したとおり、露伴は「素人の天才」であって、ものを見る眼を、警部や刑事ではなく「私立探偵」的な立ち位置で養ってきたのである。父と娘の逸話のひとつに一種の推理ゲームがあったとの証言は、その意味で無視することができない。十七、八歳の頃、幸田文は露伴と列車に乗るたびに、乗客がどういう人間かを身なりやたたずまいから類推していた。卓越した観察眼は最初から備わっていたわけではなく、反復によって磨きあげられたのである。彼女は来客の履き物を見て、どの道を歩いてきたかを当ててみせた。ついていた花粉から正解を導き出して褒められたこともあるという。ふたたび乱歩との対話に戻ろう。

それから、夕立ちがあったときに駈けこんでいらしたお客さまがあったのです。そうしたら背広の背縫いが縮れていまして、私はどうしてもそれが気になって、奥様がミシンをよくなさるんじゃないかって聞きましたら、そうだっておっしゃったのです。（中略）

糸がつれるんですね。玄人さんと違って、ぬれるとね。そこはやっぱり玄人さんの仕立ては、糸だけが縮むなんていうことはない、上糸と下糸がうまく合っているのですね。

推理小説の大家を前にしての、さりげない戦果の披瀝のなかに、露伴とはべつの読み筋が示されている。右の指摘をそのまま受け取ると、背広の主の妻の洋裁の腕前をけなしているように聞こえるけれど、そんなことはない。経済的不如意をいやというほど経験してきた彼女は、仕立屋に頼まなかった女性の心にも想いを寄せている。そのうえで、玄人がなぜ玄人と呼ばれるのかを、臆測や感情論ではなく、「上糸と下糸がうまく合っている」という具体的な技術の有無を挙げることによって説明し、両者を公平に持ちあげて、妻の心の手の入った背広を着てくる男性の背中の表情をも現出させてしまうのである。

雨の日の背縫いの縮れを語る声のなかには、順を追う理の動きと実体験をともなってはじめて稼働する情の動きがある。露伴は「お前の考えはしょっちゅうまっ直ぐには行かないで、こういうふうにはすかいに飛ぶ」と娘を叱った。しかし、それは規則があっての変則であり、将棋で言えば「桂馬筋」に近い。娘の玉子（青木玉）が母の特徴として指摘した「原っぱ」の思想にも通じている。原っぱには限定された自由がある。その自由は、たっぷり時間を掛けるべきところはゆっくりと、そうでないところはまっすぐにやって、中途半端な順路だけは避ける露伴の教えと矛盾しない。

露伴が死んで、他の人々といやおうなしにつきあうようになったとき、幸田文の目には男性がみなやさしく感じられた。ただしそれは「たいへんにへだたりのあるやさしさ」で、ひどくとまどったという。若い時分に感じていた父とのへだたりの意味が反転しはじめたのだ。やさしさの受け止め方の変化ひとつにも、露伴の教えはしっかり刻まれていたのである。

幸田文の話し言葉は、時代の雨に濡れてもつれたりしない。上糸と下糸が心で合わせてあるからだ。彼女もまた、ミシンの玄人の実力を認めつつ、それ以上のことをさらりとこなしてみせる、「素人の天才」だったと言えるかもしれない。

一向要領を得ないもの　小説の日本語

　正しい日本語とはなにか、美しい日本語とはなにかといった問いに正面から答えられる者は、おそらくだれもいないだろう。文法的な正しさや慣用によって提示される語句の是非は認められるから、それらに有効な圏域、もしくは許容範囲があることはまちがいないし、想定内での破調や崩れを回避しようとする言葉と言葉のやわらかい糊付けにも魅力はあるだろうけれど、幸か不幸か「文学」と呼ばれる場所においては、その枠に収まる言葉を運用しているかぎり、弱さも強さも、醜さも美しさもあらわれ出てこない。これはジャンルを問わず首肯しうるごくあたりまえの身体感覚に近いものので、読み書き双方をふくめた創作行為の前提だと言ってもいいのだが、他者に伝えるのは容易ではない。しかもそこに私にとってはいまだ定義不能な表現形式である「小説の」という限定が付されると、回答はさらに面倒なことになる。

この表現がいい、この描写がすばらしいと感じられる具体例を挙げ、つねに細部を注視していけば、詞華集や引用集のようなそれらしい見本帳はできあがるだろう。部分の輝きを指摘するだけでも、説明不能な「美しい日本語」を考えるための示唆は得られる。そこに魅力を見出すのは、書き手の、さらには読み手の自由なのだ。一方で、局所的な光の明滅だけで作品が成立しないのも事実であり、有機的につながって内側からぼんやり照らし出すような言葉、すぐに消えてなくなる言葉の一時的な蓄電が求められる。外見の美しさを追うのは空しい。森敦の言う内部と外部（『意味の変容』）を帳消しにする境界を示して終わりにする以外に手はなくなってしまう。

しかし、美しくもなんともない部分が美しいとしかいいようのない集合体に転成していく現場の感覚に読み書きの周波数を合わせれば、なにかが見えてくるのではないか。そういう期待を抱かせる言葉の運動じたいが、ひとつの「美しさ」を形成しているのではないか。いま「小説」なるものを、「冒頭に置かれた単語から切れ目なしにつづいていく言葉の流れ」、もしくは「一部にすぎないのになぜか全体として受け入れるほかないような、筋とは異なる感触の総体」とでもしたうえで、内容や主題に関係なく、単語が文になり、文と文が重なって徐々に文体と呼ばれる動きを生んでいく現象を愚直に追ってみることにしよう。作品とは現場での持続的な現象であって、「小説の日本語の美しさ」なるものが存在しうるとしたら、それもまた持続のうちにしかないからである。

たとえば、これまで「小説」と呼ばれてきたひとつの作品を、冒頭からゆっくりたどってみる。「さつきから松原を通つてるんだが」とだれかが語っている。声の高低や肌理はわからない。「通つてるんだが」といういくらかくだけた物言いから、はやくも生きた声が響いてくるような気がする。「さつきから」とはどのくらい前からなのかもこの段階では不確かだ。こんなに短い一節にさえ牛歩の読み手は立ち止まる。書いているほうも先々の計算があって時間の幅を示しているわけではないだろう。言葉と言葉がくっついて先にのびていく瞬間を、ただ幾度も反復したいという欲望があるだけだ。目算なしだから、音と意味のあいだに亀裂が走る。いま手にしている複数の版には、「松原」に「まつはら」とふりがなのあるものとないものがある。これがなければ私はたぶん「まつばら」と濁りのある音で読み進めていったことだろう。「まつはら」と「まつばら」では、漢字表記はおなじでも言葉の表情が大きく異なる。享受する側は書き手の無意識に寄り添いまた離れることを繰り返しつつ音と意味をたぐりよせていくわけで、これはけっして些細な問題ではない。冒頭の一文はそのあとに読点を置いて、「松原と云ふものは繪で見たよりも餘つ程長いもんだ」と締めくくられている。

想像の焦点はまだ定まらない。先刻からずっと通っているのに終わらないほどの規模だと言われて思い浮かぶその松原なるものは、海辺の景勝地にひろがる松の林なのか、内部ならぬ内陸部で俳人のたどった千本松原のような場所なのか。さらにこの「繪」とはどんな種類なのか。油彩、水彩、水墨、版画、時代によって解釈も変わってくるはずだが、松原を抜ける図というなら浮世絵か草子の挿絵のような木版かもしれないなどと考えているだけでもう注視すべき言葉の倍率があがって周囲がぼやけてくる。歩いている当人もそんな意識の靄のなかにいるのだろうか、終わりの見えない松のならびに身を置きながら、つい「何時迄《いつまで》行つても松ばかり生えて居て一向要領を得ない」とひとりごちてしまう。「まつはら」ではなく「まつばら」と読むのであれば、「松ばかり」の「まつば」までの音が繰り返されることになるので、やはり「まつばら」「まつばら」「まつばかり」とリズムを刻むほうがいいのではないかと思いもし、それではなぜわざわざ「まつはら」と清音になっているのだろうとあらぬほうへ意識が飛んでいく。同時に、「何時」「行つて」「居て」「一向」という「い」の音の連鎖に快感を覚えもする。すでに言葉がただの言葉でなくなり、ひとつらなりの文として「餘つ程長い」ものに変わりつつあるのだ。

この先、さらに二つの文章が並び、四つの文章で巻頭の第一段落が締めくくられる。「此方《こつち》がいくら歩行《あるい》たつて松の方で發展して呉れなければ駄目な事だ」という第三文の音は反復が少なくきれいにばらけて前二文の音の重層を緩和し、第四文ではふたたび同音が反復される。「いつそ始めから突つ立つた儘《まま》松と睨《にら》めつ子をしてゐる方が増しだ」。「儘」「松」「増し」とま行でたたみかけるこの部分が、さかのぼって、いや、すでに読み終えた「松原」の残響をもらい受けてころがるようなまるい音の玉をつくりだす。第一文の前段と後段に松原が配されて道の長さを暗示しているのみならず、どの文にもかならず「松」の一語を組み込むことで、切れ目なくつづく松原を幻出させているのだ。意図したものであろうとなかろうと、結果としてひとつの段落がひとつの世界の入り口を提示することになり、なにかがはじまりそうな気配を、言葉の渦が生まれる予兆を、読み手は確実に感じ取る。四つの文章をつなげてみよう。

さつきから松原を通つてるんだが、松原と云ふものは繪で見たよりも餘つ程長いもんだ。何時迄行つても松ばかり生えて居て一向要領を得ない。此方がいくら歩行たつて松の方で發展して呉れなければ駄目な事だ。いつそ始めから突つ立つた儘松と睨めつ子をしてゐる方が増しだ。

文末は二文目を除いてすべて「だ」になっている。落ち着いて考えたうえで口にしているというより、移動しながら、少し荒く、少し急いた息づかいで吐かれたかのようだ。「始めから突つ立つた儘」と記されているとおり、語り手は目の前の現象をいったん止めて意識のなかで時間を引き戻し、自分の内側に向けていた声をべつのだれかに、おそらく聞き手に働きかけるように話を切り替えてみせる。松のトンネルにこで切れ目が入るのだ。「東京を立つたのは昨夕《ゆふべ》の九時頃で、夜通し無茶苦茶に北の方へ歩いて來たら草臥《くたび》れて眠くなつた」。発つかわりに立つとあるのは「突つ立つて」を視覚的に引きずっているのだろう。夜に東京を出て休みなく北へ向かったとするなら、その先に海があるはずはない。松原は、だから内陸部のものだとわかる。ちらばっていた想念が、のびていく松の道のなかに追い込まれていく。「泊る宿もなし金もないから暗闇の神樂堂へ上つて一寸《ちよつと》寐た」。言葉の動きが先で筋は二の次とはいえ、東京から夜通し歩いて神楽堂で宿を取るのだから、それなりのいきさつがあるのだと知れる。「何でも八幡様らしい。寒くて眼が覺めたら、まだ夜は明け離れて居なかつた。夫《それ》からのべつ平押《ひらおし》に此處迄遣つて來た様なもの丶、かう矢鱈《やたら》に松ばかり並んで居ては歩く精がない」。

がむしゃらに歩を進める前のめりの運動にふくまれるま行の律動が、古語の掛詞でいう松＝待つとなって、むしろ待機を強いる雲行きのなかで徐々に消えていく。急ぐ気持ちはわかるけれどいまは少しここで待て、しばし立ち止まれという声が、じつは「まつはら」のところから、読者の、あるいはこの地を行く者の意識下に響いていたとも言えるのだ。真っ暗闇のなかで休んだ昨夜の状態とはちがっている。「待つ」の圏内に彼は入りつつある。「何處迄行つても」ではなく「何時迄行つても」とあるこの「何時」が身体に染み込む。待機状態は距離ではなく時間にかかわるものだから、語り手は吐き出す言葉によってあとから有機体への変容に気づくことになる。それを気づかせるのは時間差である。ところが変容の最中にはなにが生起しているのかわからず、意識しようとすれば運動は停滞するのだ。持続はしていても身体が重くなり、それにあわせて当然言葉も重くなる。

　松原を軽快に抜けようとしていた人物の意識は第三段落にいたって、「足は大分《だいぶ》重くなつて居る」とふたたび現在形にもどり、「膨《ふく》ら脛《はぎ》に小さい鐵の才槌《さいづち》を縛り附けた様に足掻《あがき》に骨が折れる」と流れていく。疲労が足に、言葉に負荷を掛ける。ふくらはぎを膨らんだ脛と記し、胴がまるくふくらんだ木槌をその部位に重ねながら素材を鉄にすることで、語り手はすでに作品の一部として明示している『坑夫』というタイトルに読み手の意識を押し返す。鉄の才槌だけで坑道を掘るのは困難だが、これを先のとがっているものとあわせれば役に立つ。動きを妨げるだけでなく、才槌への言及は坑道掘りの可能性を示したものかもしれないと想像させる。たしかに「骨が折れる」。「折」れるから「袷《あわせ》の尻は無論端折《はしを》つてある」と、あらかじめ「端折る」という短絡の選択肢も用意されているので、端折らずに立ち止まる「待つ」と「松」の磁場との対比はさらに強まるのだ。「其の上洋袴下《ズボンした》さへ穿《は》いて居ないのだから不斷なら競争でも出來る。が、かう松ばかりぢや所詮敵はない」。足が重く、引きずるような感覚で前に進もうとしても、「其の上」と「洋袴下」が「上下」に引き合って足が動かない。上にも下にも移動できないような気になってくる。それでいて、言葉じたいは停滞することなく先へ進んでいるのだから、やはりなにか異様な事態が起きつつあると読者は感じざるをえない。そのような感触を得たとき、言葉の航跡に美しさが宿るのだ。

独白に近い言葉の主は、速度をゆるめていまや観察の人になっている。四つ目の段落は「掛茶屋がある」ではじまるのだが、茶屋があれば休むだろうと読者は思う。すでに「無茶苦茶」の部分で「茶」を出していた以上、この展開は十分に予想できる。したがって「葭簀《よしず》の影から見ると粘土《ねばつち》のへつゝいに、錆《さび》た茶釜が掛かつて居る」と接続されていく「粘土のへつゝい」の、粘り気のある土が硬く焼き締められて釜になる。粘つくだけでなくからりとした乾燥への移行もいちおう見えているので、状態が固着することはない。「無茶苦茶」から「掛茶屋」へ、さらに「茶釜」へと音が滑り、つづく「床几《しょうぎ》が二尺許り往來へ食《は》み出した上から、二三足草鞋《わらじ》がぶら下がつて、袢天《はんてん》だか、どてらだか分らない着物を着た男が脊中を此方《こちら》へ向けて腰を掛けてゐる」光景は、振り返って見えたものではなく進行方向にあることが明らかになってくる。言葉の羅列は流れをつくり、淀み、また流れる。描写と説明と独白とがまじりあったまま、進行形の話が昨日の出来事へ、さらにまた現在へと引き戻される。単語が文になり、文の連なりが明快なリズムを刻んでひとつの世界を提示しかけている。

しかし驚きはその先にあらわれるのだ。いま手にしている「小説」は、ひとつの型、ひとつの流れから「食み出し」ていくものの正体を見きわめることで成り立っているからである。「休まうかな、廢《よ》さうかなと」語り手は迷い、「通り掛りに横目で覗き込んで見たら、例の袢天とどてらの中《ちゅう》を行く男が突然此方を向いた」と言う。移動しながらも、彼は一瞥《いちべつ》でレンズの焦点を合わせる。松原の松はただの松であったのに、ここではその松のうちの一本の姿が瞬時に見分けられるような展開となり、袢天でもどてらでもない、その中間の服を着ているとされた男がやがてなにかの仲介役になるのではないかという、内容に深くかかわる想像の自由も読み手に生まれてくる。あいだを行く言葉や男が水平移動を生まない例も私は知っている。かつて「あいだの男」と自称する異郷の詩人の仕事を追ったときに確認したことだが、待つという行為は積極的なものなのだ。語りがどんな人物によってなされているのかという情報開示もまだこの段階では待たれていて、「待つ」のは主人公だけでなく、読者である私たちの役目だということも、あらためて認識せざるをえない。

語り手の観察眼は鋭い。通りがかりに横目で見ているだけなのに、「煙草の脂で黒くなつた齒を厚い唇の間から出して笑つてゐる」のを把握し、齒のあいだ、唇のあいだから「食み出し」た笑みをもとらえる。さらに「是はと少し氣味が惡くなり掛ける途端に、向ふの顔は急に眞面目になつた」と、視線をいきなりこちらから相手に移し、さらにそれをこちらが見ているという構図をつくりだす。俯瞰的な視点があることをこれまでの語りとともに示唆しているのだが、安定的に進んできた言葉はここで不意に揺らぐ。

今迄茶店の婆さんと去る面白い話をして居て、何の氣もつかずに、つい其の儘の顔を往來へ向けた時に、不圖《ふと》僕の面相に出つ喰《くは》したものと見える。ともかく向ふが眞面目になつたので漸く安心した。安心したと思ふ間もなく又氣味が惡くなつた。男は眞面目になつた顔を眞面目な場所に据ゑた儘、白眼の運動が氣に掛かる程の勢ひで僕の口から鼻、鼻から額とぢり〳〵頭の上へ登つて行く。鳥打帽の庇を跨いで、腦天迄届いたと思ふ頃又白眼がぢり〳〵下へ降《さが》つて來た。今度は顔を素通りにして胸から臍《へそ》のあたり迄來ると一寸留《と》まつた。臍の所には蟇口《がまぐち》がある。三十二錢這入《はい》つてゐる。白い眼は久留米絣《くるめがすり》の上から此の蟇口を覘《ねら》つた儘、木綿の兵兒《へこ》帯《おび》を乘り越してやつと股倉《またぐら》へ出た。股倉から下にあるものは空脛《からすね》許りだ。いくら見たつて、見られる様なものは食ツ附いちや居ない。たゞ不斷より少々重たくなつてゐる。白い眼はその重たくなつてゐる所を、わざつと、ぢり〳〵見て、とう〳〵親指の痕が黒くついた俎《まないた》下駄の臺迄降《くだ》つて行つた。

音と音を重層させ、離れた場所で響き合わせて、動きを徐々にゆるめながらひとつの眼と化していく言葉。それを冒頭から順次たどってきてはっきり感じられるのは、これらの外部を持たない内部、内部を持たない外部の宇宙が本質的に人称を拒んでいるということである。この宇宙では語り手の名は挙げられないし、また一人称も可能なかぎり影の薄いものとしながら、移動と認識のみで成り立つような世界に仕立てなければならない。『失われた時を求めて』の語り手を無名の一人称としなければ全体の不穏さが崩れてしまうのとおなじ道理である。「袢天とどてらの中を行く男」を観察しつつ、その男の「白眼の運動」に同化して観察の対象となっている側を観察し、最後にまたそれを客観視している語り手は、言葉が言葉を要請してできあがってきたこれまでの構図を「不圖」突き崩す。崩しにかかる鉄の才槌は、言うまでもなく「僕」という一人称である。書く側にとっての、そして読む側にとっての共通磁場である「小説の日本語」特有の美しさがここに露出する。読み手の側のとまどいや疑いを「美しい」と評するのは奇妙なことかもしれないのだが、鉄の才槌のように重さを感じさせる「白眼」、錘《おもり》となったこの眼球が水平方向ではなく垂直に降りて行くのは、「まつはら」の無限移動を縦に変化させたからだろう。地の底に触れるところまで降りて行くさまは、まさしく「坑夫」の仕事を連想させずにおかない。

ただし、言葉が言葉の様相を変える真の衝撃は、そのあとやってくる。「さつきから松原を通つてるんだが」という動きのさなかの現在は、事後に組み立てられた虚構にすぎないことが明言されるのだ。

かう書くと、何だか、長く一所に立つてゐて、さあ御覧下さいと云はない許りに振舞つた様に思はれるが、さうぢやない。實は白い眼の運動が始まるや否や急に茶店へ休むのが厭になつたから、すた〳〵歩き出した積《つもり》である。にも拘らず、此の積が少々覺束なかつたと見えて、僕が親指にまむしを拵《こしら》へて、俎下駄を捩《ねじ》る間際には、もう白い眼の運動は濟んでゐた。

袢天とどてらのあいだの男は、語り手をじろじろ観察し、一度眼と鼻をたどったあと「顔を素通りに」して相手の外貌を消そうとする。したがって、ここでもし一人称を可視化しようとするなら、「僕」よりももっと輪郭の曖昧なもの、たとえば「此方」とでもしておくべきだったろう。事実「僕」が用いられたのは新聞連載第一回のみで、のちにすべて「自分」と書きあらためられている。「僕」の出現を抑えて「自分」に変貌すること。「僕」がそぐわない、似合わないから消したというより、この変化はいわば小説的な日本語の美しさのなかでしか生じない必然の神隠しなのだ。「何でも八幡様らしい。寒くて眼が覚めたら、まだ夜は明け離れて居なかつた」という一文がおのずと脳裏によみがえる。八幡様の神楽堂で語り手は「僕」から「自分」への、そして「自分」の排除へと進む変化の道筋をすでに予感していた。「いつそ始めから突つ立つた儘松と睨めつ子をしてゐる方が増しだ」ったのに、先へ進むことを選んだのである。

すべてが終わったあとにもう一度この世界をたどりなおして「僕」を「自分」に書き換えた作者漱石は、「かう書くと」と明示して、これまで語られてきた言葉が書かれた言葉であるといういまさら断るまでもない事実を、書いている現在とともに突きつける。「小説」の日本語は文字への転換に伴う語りの遅れのなかで捏造《ねつぞう》された現在によって支えられている。「かう書くと」のひとことで、「さつきから松原を通つて」きた言葉の動きがたちまち不安定になり、だからこそ読み手は背筋を凍らせ、書き手は息を荒くするのだ。そういう感触がなければ「小説」は息づかない。「小説の日本語の美しさ」とは、この「一向要領を得ない」書き言葉の流れの総体であると言うしかないのである。

†引用は夏目漱石『坑夫』(『漱石全集』第六巻、岩波書店、一九五六年)による。本書では「僕」は「自分」に直されている。この作品の冒頭をめぐる精緻な考察として、小森陽一「漱石深読(5)『坑夫』」(『すばる』二〇〇九年五月号)がある(のち、『漱石深読』翰林書房、二〇二〇年)。「あいだの男」については拙著『魔法の石板――ジョルジュ・ペロスの方へ』(青土社、二〇〇三年)を参照。

なにもしないという哲学

夏目漱石の『それから』に登場する代助は、働きもせず結婚もせず、ときどき親から生活費をあたりまえのようにもらっているばかりなのに、書生や手伝いの婆やなども置いて暮らしている自身の遊民と称されることもある身分について、少しも引け目を感じていない。なにをしたってお天道様と米の飯はついてまわるといった放蕩とはちがうけれど、あれやこれやと理屈を並べて周囲を煙に巻くところは、落語の登場人物と大差ないように見える。代助は「自己本來の活動を、自己本來の目的としてゐた」。彼自身の言い換えによれば、以下のようになる。

歩きたいから歩く。すると歩くのが目的になる。考へたいから考へる。すると考へるのが目的になる。それ以外の目的を以て、歩いたり、考へたりするのは、歩行と思考の墮落になる如く、自己の活動以外に一種の目的を立てゝ、活動するのは活動の墮落になる。従つて自己全体の活動を擧げて、これを方便の具に使用するものは、自ら自己存在の目的を破壊したも同然である。

（『漱石全集』第八巻、岩波書店、一九五六年）

なにかの「ために」行動することが、彼には許しがたい。名利あるいは功利につながってしまう要素を徹底的に排除していくと、社会生活など成り立たなくなる。にもかかわらず、食うために、養うためにという選択肢は彼には存在しないのだ。そんなわけで彼は働かない。働きたいから働くのであれば、働くことじたいが目的になるとは口が裂けても言わないあたりに、むしろ微笑ましささえ感じられる。

代助の論法は、ある意味で正しい。活動のすべてに目的や目標となるものを設定し、一時も無駄にせずに生きているような人々を前にすれば、だれだって暑苦しいからだ。目的を置くべき部分とそうでない部分をうまく共存させてはじめて「活動」が立ちあがるのであり、正と負の両面がなければ「世の中」はまわっていかない。おなじことが読書にも言えるだろう。読みたいから読む。すると、読むことじたいが目的となる。

それが最も正しい、純粋な喜びをもたらす唯一無二の方法であって、論評したり感想を述べたりすることを、もしくは読んだ冊数を競うことを前提として頁を繰っていたのでは、もはや「堕落」と言わざるをえないのである。

とはいえ、やりたいからやるという正論は、正論であるがゆえに誤ったおこないになる。人間は弱い。歩き、考えるだけでは生きていけない。やりたいことと目的が完全に一致してしまうと、努力と呼ばれる目に見えない加速装置をつけなくなる。達成感などという陰鬱な言葉に向かうために、弱い私たちが時々頼りにする不可視の武器を遠ざけるようになる。努力をしない代助に倣うことが怖ければ、素直に諦めて、精いっぱいなにかの「ために」、なにかに「向かって」頑張らなくてはならない。

では、いったい、努力とはいかなるものなのか。世に氾濫する啓蒙書を手に取れば、わかりやすい説明がいくらでも手に入るだろう。しかし努力とはなにかを知ってからその定義をなぞることなんて無意味だと難じても、意味がないと述べることじたいに一種の目的化と差別化が生じているのだから、代助の提示した理屈の網は案外強固なのだ。代助はなにもしようとしないことにおいて大いに努力しているかもしれず、少なくとも努力をしない努力の方向性は誤っていない。やってやろうという前のめりの姿勢に息苦しさを感じるのは人間としてふつうのことであり、遊民云々とはまたべつの話なのである。

若かった頃、全集版で序の部分だけ読んで膝を叩きながら、本文をたどるのがなぜか怖ろしくて、ずっと避けてきた本がある。読みたい。でも読みたくない。純粋な喜びとしての知を求めてとんでもない努力を重ねてきたはずなのに、ひとりの人間としては霞を食っているように軽く、しかも軽さを軽みに変える懐の大きさを感じさせずにおかない書き手の本。幸田露伴の『努力論』である。初版は一九一二年。一九四〇年に岩波文庫に入り、二〇〇一年に改訂版が出てからも版を重ねている。私の手もとにも、この改訂版と二〇一〇年四月刊の第一四刷の二冊がある。おまけにカバーには、ご丁寧にもかつて目に留めたこんな一節が引かれている。

努力している、もしくは努力せんとしている、ということを忘れていて、我がなせることがおのずからなる努力であってほしい。

百年前の自己啓発。露伴ほどの人だから、無我夢中で書物の山に触れているうち、それが「おのずからなる」努力へと昇華されていったにちがいない。こと学問に関するかぎり、学ぶ喜びに導かれて先へ先へと進んでいった人々の数は少なくないだろう。この箇所に表面的にでも賛同した者は、やはり先の代助の理屈に真正面から反論できないのではないか。では、露伴は努力についてなにを語り、なにを述べているのか。もし、彼自身の膨大な仕事に匹敵する地平に喜びのレベルを設定していたとすると、私たちにはもう絶望しか残らない。幸田文の苦労をしのぶまでもなく、露伴の教えは教えることじたいが「おのずからなる」身体反応だったから、頭で多少理解したつもりになっていても、身体がそれに連動しないかぎりまったく空疎なものになってしまう。

でも、序くらいはちらりと覗いてみたい。こういう文章を書く「ために」という目的と言い訳があって書き抜きをしたりするのは不純の極みだが、先の引用の手前の部分をこっそり参照すれば、こんなふうになっている。

努力は好い。しかし人が努力するということは、人としてはなお不純である。自己に服せざるものが何処かに存するのを感じて居て、そして鉄鞭を以てこれを威圧しながら事に従うて居るの景象がある。

堕落といい不純といい、それだけでかなり威圧感の生じる言葉だ。本格的に読みはじめれば、ところどころ深く頭を垂れながら自分自身の堕落と不純を意識しつづけることになって、「自ら自己存在の目的を破壊したも同然」の憂き目にあうだろう。それが嫌だというわけではないし、さもしい現状の追認が耐えられないわけでもない。ただ、読もうとして読むことが拒まれている以上、その葛藤を遠ざけるには読まないという選択肢しかないのである。だから私は『努力論』を読まない。読もうとしない。読まないよう努力する。そのような姿勢がすでに堕落であることを、百も承知のうえで。

片付けた顔を見ているひと

漱石の小品を読んでから彼の弟子筋の短文に触れると、あちこちで師匠の呼吸を真似てそれらしい調子をあつらえているのに、どうあがいてもおなじ地平に立てない質のちがいを感じる。教養や語彙の差ではない。癇癪《かんしゃく》とユーモアとひねくれたサービス精神なら百閒が受け継いで独自の世界をつくりあげたし、打たれ弱さの魅力だけなら芥川が上手に取り入れた。物事を観察して正確な言葉に盛り、虚実を厳しく振り分ける眼は寅彦がものにした。しかし漱石の小品には、これらすぐれた才能の欠点となり武器となるものがぜんぶ詰まっているのだ。

彼らになくて漱石に見られるのは、自分ともうひとりの自分のあいだの空隙から眼をそらさない凄みとすさみである。それは長篇小説にもない存在の裂け目のようなものだ。『夢十夜』の表現を借りれば、「堪へがたい程切ないもの」(第二夜)や「無限の後悔と恐怖」（第七夜）を抱えて、「もう死にます」（第一夜）、「あっちへ行くよ」（第四夜）と外からの声が聞こえてもそれに従わず、ただ去って行く影を背後から眺めて自分のほうはいまの場所に留まってしまったという、諦念にまでは至っていないそんな悔悟のかたまりがあちこちに落ちている。

ほんとうは向こうに行ってしまいたいのに、こちらに留まらなければならない。不満と不安の内圧が高まっていよいよ破裂しそうになると、攻守両面の意味を持つ裂け目が生じてそこから圧が抜ける。その繰り返しが妙に心地よくなる時期もあるのだが、やがて個々の作品の解釈を超えて蓄積された疲れが残留農薬みたいに内臓と神経をおびやかしはじめる。主題も趣向も文体も少しずつ変化を見せるこれら小文を覆う慢性的な疲労感は、おそらく漱石が主戦場にしていた新聞という媒体における時間的な拘束の重さにもかかわっているだろう。実際、本巻に収められた作品を執筆順に読んでみると、その尋常ではない仕事の密度に息が苦しくなってくる。「もう死にます」と言いたくなる気持ちが、人ごとではなくなってくる。あらかじめ書きためたものを渡すのではなく、締切ごとに苦しみながら原稿を書く綱渡りのなかで、なんとか細い糸をつないでいく緊張感。崖っぷちに立って何万頭もの豚の鼻面をひとつずつ叩いているうちに倒れるという「第十夜」の光景が現実のものとなるのだ。

たとえば明治四十一年（一九〇八）四月に『坑夫』が完結し、直後に『文鳥』がはじまる。『文鳥』で語られている出来事は、まさしく『坑夫』の執筆中に起きたことだ。六月の半ば過ぎに『文鳥』が終わると、七月末からは『夢十夜』である。八月五日まで夏の夜の夢を語って一カ月もたたないうちに今度は小説『三四郎』にとりかかり、暮れにようやく終わったと思ったら、翌年の年明けから『永日小品』に着手する。書かせるほうもどうかしているけれど、それに応えるほうもどうかしているだろう。「もう死にます」「あっちへ行くよ」という声が聞こえるのは、これらをつぎつぎにこなしながら前に進んでいく途上のことで、執筆順に読み返すと、一篇一篇の完成度が高すぎて、長篇のための充電期間になっていない。酸素補給の場で酸欠になりかねない密度である。

それにしても、『坑夫』のあとに『文鳥』という、炭坑のカナリヤを求めるような展開は少しできすぎではないか。この長篇の語り手は、十九歳の頃の「自分」を見つめながら、現在の「自分」のなかにどんな坑《あな》が巣喰っているのかを読者にさらしていく。まだ書かれていない『夢十夜』の、「もう死にます」「あっちへ行くよ」という誘いを聞きながら炭坑に下りていく末尾近くの空気は、ひどく重い。坑が深くて空気の流れが悪いばかりでなく、そのときの「自分」は気管支炎にかかっていて、とても坑のなかでの仕事に耐えられる状態にはなかったのである。案内の先達から「這入《へえ》つて見るか」と言われて寒気がし、「這入らないでも好いです」と答えた瞬間、裂け目がのぞく。彼はカナリヤの役目を自分自身で果たしたのだ。闇の奥まで行かずに戻って来た者は、川にどんどん入って出てこなくなった蛇遣いの大胆さなど持ちようもなく、「無限の後悔と恐怖」を抱えたまま日常を生きなければならない。漱石の小品を覆っているあたたかくユーモラスな描写が、つねに空気の悪い坑のうえに立っているのはそういう事情からだ。

小品を大きなつづきものとしたうえで『文鳥』を開くと、冒頭の色が変わってくる。新しい早稲田の書斎で「片附けた顔を頬杖で支へて居る」というこの「片附けた顔」は、いったいだれが見ての判断なのか。少し離れて自分を見ている、もうひとりの自分ではないか。『坑夫』のなかで片付けたことにしてしまったなにかが、ここでまだ蒼白い不安の火を燃やしている。「三重吉が來て、鳥を御飼ひなさいと云ふ。飼つてもいいと答へた。然し念の爲だから、何を飼ふのかねと聞いたら、文鳥ですと云ふ返事であつた」という一節のねじれも同様だ。どういう鳥かを確かめる前に「飼つてもいい」と答える順序の奇妙さは、教え子への愛情でも受け身の偏屈の実践でもない。お死になさい。死んでもいいと答えた。然し念の為、だれが死ぬのかねと訊ねたら、あなたですという返事であった。そんなふうに聞こえてくる。

三重吉が持ち込んだ文鳥は、しだいに弱って息絶えた。「私」は籠のなかで二本脚をまっすぐに伸ばして横たわっている文鳥をじっと見守る。そして、いったん座布団のうえに寝かせてから、いきなり下女のほうに放り投げた。突発的なそのふるまいに生の裂け目が露出する。死んだのは自分だ、死ぬべきだったのは自分だという確信に満ちた悲しみがあらわになる。そこに、私は惹きつけられる。

†引用は『漱石全集』第十六巻（岩波書店、一九五六年）による。

「探りを入れること」 『明暗』の書き出しから

本日は『明暗』のなかからひとつかふたつの章を選んでなるべく具体的に語るということで、冒頭の第一章と第二章を印刷していただいたのですが、いま、おなじ箇所について「勾配」という言葉で見事な分析がなされましたので*、重複を避け、この場で考えたことを加えて、当初の予定をゆっくり逸脱していきながらお話ししたいと思います。

醫者は探りを入れた後で、手術台の上から津田を下した。

これが第一章の冒頭、未完に終わった、四百字詰め原稿用紙千八百枚に及ぶ小説の、第一文になります。よけいな飾りのない、簡潔で短い文章です。最初に言葉を置いたら、書き手はとにかく先をつづけなければなりません。少し書き進めてまた前に戻り、流れを確認しながら随時表現を微調整することはありうるとしても、残された作品の冒頭はひとつだけです。他に多くの選択肢があるなかで、漱石は原稿用紙に記す第一文をこのようにはじめてしまったわけです。未完に終わったとはいえ、『明暗』はここで蒔かれた種から伸びた芽でできていることになり、それ以外ではありません。では、この文章の入り方がちがっていたら、どんな物語になっていたでしょうか。「醫者は」と記すだけでは、なにを専門とする医者なのか特定できません。そのあとの手術台という言葉を聞いて外科的な診療が可能な分野だとわかるのですが、もしかするとこれは本物の医者ではなくあだ名のようなもので、医者、学者、役者と呼ばれる三人が『三酔人経綸問答』さながら話をまわしていく、その第一段階でないともかぎりません。

第一文は、作品全体の重力に耐えうる礎石であるばかりでなく、文章の呼吸や間という芽を生やすひとつの種の、最もめざましい事例でもあります。「醫者は探りを入れた後で」までを声に出して読み、そこでいったん休んでみると、その先をさまざまに展開しうることに気づかされるでしょう。同時にそれは、漱石がなぜ「醫者は探りを入れた後で」と書き始めたのかを考える手がかりになるのです。

たとえば、このあと「珈琲でも飲むかね、と津田に云つた」とつづいていたら、患者が自分にとってなにか不利になりうる情報を握っていて、それを外に流そうとしているらしい、あるいは流す危険がある、だから少しかまをかけてみるのだといった文脈に押し込むことができるでしょう。探りを入れるとは、具体的な反応や回答を期待せず、うまくすればなにか情報が得られるかもしれないと思いながら語りかけることです。『日本国語大辞典』には、探り・捜りの第一義として、「さぐること。様子をうかがうこと」が挙げられ、ほかならぬ漱石の『虞美人草』から、「「あなたの方が姉さんよ」と藤尾は向ふで入れる捜索の綱をぷつりと切って、逆さまに投げ帰した」という一文が引かれ、「捜索」に「サグリ」とルビが振られています。また、「探り」をもっと意識的におこなえば、「特に、敵情をさぐること。また、その者。間者。しのび。探偵」の意となり、探偵小説の書き出しとして、可も無く不可も無いものになりえます。私たちは、そして当時の漱石の読者は、『吾輩は猫である』の猫や『彼岸過迄』の敬太郎が「探り」を繰り返していた事実を知っています。「探り」は、漱石の世界において親しみのある言葉でもあるのです。

会話体になる第二文にふくまれた情報を、第一文に組み込むようなかたちで物語世界に入っていきたいと考える人もいるでしょう。「醫者は探りを入れた後で、矢張《やはり》穴が腸迄續いてゐるんでしたと云つた」と説明しておけば、「探り」に過度な意味付けをすることを回避できるからです。あるいは、「醫者は手術台の上に横たわつた津田を見下ろして、矢張穴が腸まで續いてゐるんでした、と云つた」などと改変しても、事実を伝えられた患者がどう反応するかを確かめているだけですから、「探り」という言葉を用いずに探っている状況を作り出すことができます。

しかし、これが医者の仕事そのものである医療行為であったとしたらどうでしょうか。ご存知のように、「探り」には医療器具の意味があります。『日本国語大辞典』の「探り」第六義に「医療の具。創傷や腫れ物の深さをさぐってみるのに用いるもの。消息子。ゾンデ」とある、その器具です。津田を悩ませている病の診察の基本は触診です。医者は患部に自分の指を入れて内部の様子をうかがい、必要があれば器具を用います。この器具が部外者にはひどく恐ろしい。「醫者は探りを入れた後で」で止めたとすると、医者だけでなくこの「探り」の意味が瞬時に確定できません。相手の姿勢や態度を確かめ、その先をうながすための言葉なのか、患部に入れる医療器具なのかの判断は、その先にゆだねられます。

実際には「手術台の上から津田を下した」となっていますから、医者はあだ名ではなく、正真正銘の医者であることがすぐにわかります。新聞連載で『明暗』を読み始めた当時の読者は、筋書きなど知らされてはいません。他方、後世の読者は、『明暗』と呼ばれる小説の冒頭の数章に、漱石自身の痔《じ》の治療が活かされていることを、幸か不幸かすでに情報として持っています。では、作家自身は、自分がやりたいことをどこまで見通して第一文を記したのでしょうか。

小説の生理的な特徴とその後につづく文章の有機的な力は、多くの場合、第一文で決定されます。最初に置かれた言葉の胚が連鎖的に変化し、成長していくので、途中でそれを押しとどめたり、部分的に変更するのは容易ではありません。というより、最初の一語が異なれば、以後の言葉の反応はまったくべつものになり、外見は似ていても別種の話になってしまいます。中間地点の調整ではなく、最初から書き直さなければ本質的な流れを変えることはできません。

たまたま思いつきで置いてしまった石が、あとで大きな働きをすることがあります。いわゆる布石ですが、これは大局観にもとづいた直観的な行為と、漠然とした計算の両方が作用して、事後的な解釈によって効果が確定されるものです。創作行為においては、計画的に配置するのではなく、なるほどここが岐路だったのかと、すべてが終わった後で見えてくる景色のなかにその石が置かれていると考えるほうが、より自然だという気がします。『明暗』の冒頭にある「探り」が布石だとしても、その意味はおそらく最後まで読んだ者にしか見えて来ないもので、書き手はまだぼんやりした霧中にいるのです。しかもこの作品には終わりがありません。未完なのです。理屈のうえでは、布石は永遠にその姿をあらわさないことになります。

それでも、「醫者は探りを入れた後で」とはじまる第一文には、将棋の一局で言う感想戦でしか指摘できない、現場の視点と外部の視点がいりまじった後付けの「布石」の匂いがします。「会話の勾配」という表現をお借りすれば、「探り」は「時空の勾配」と「可能性の勾配」をあらしめるものでしょう。これは書き手自身の可能性を自問し、開示するための装置なのです。

＊

先を進めてみましょう。医者は言います。

「矢張穴が腸まで續いてゐるんでした。此前探つた時は、途中に瘢痕《はんこん》の隆起があつたので、つい其所《そこ》が行き留りだとばかり思つて、あゝ云つたんですが、今日疎通を好くする爲に、其奴をがり〳〵搔き落して見ると、まだ奥があるんです」

「さうして夫が腸迄續いてゐるんですか」

「さうです。五分位だと思つてゐたのが約一寸程あるんです」


ここでの「矢張」は、「探り」が過去の情報や先立つ予想を踏まえた二度目以後の行為であることを示しています。直後の文章でそれが委しく説明されていますが、重要なのは、津田にとって痔の治療と診察がはじめてではないという事実です。患部が患部ですから、初回かそうでないかによって、ベッドに横たわる側の恐怖感や緊張は大きく異なるでしょう。二度目だという事実を一文目の句点のあとにもってくることで、前半の密度が高まるのです。患部が悪化しているのは、そうなるまで放っておいたこと、不摂生かストレスか、そのような状態に患者を陥れた原因があることをも読者にほのめかしています。「今日疎通を好くする爲に、其奴をがり〳〵搔き落して見ると、まだ奥があるんです」の根拠は、指先ではなく器具の触手を伸ばして閉塞箇所を確かめた医者の経験ですが、こんなふうに考えると、妻の「お延」は触手を延長して夫の奥を探る者として、あらたな輝きを帯びそうな気さえしてきます。

ところで、「がり〳〵搔き落して見ると、まだ奥があるんです」の部分からは、おそらくだれもがながく深い穴を想像するでしょう。漱石の読者がここで『坑夫』を連想したとしてもおかしくはありません。この一人称小説には、語り手が鉱山に入り、初さんという男に導かれて「疎通」された穴に入り込む場面があります。

又胎内潜りの様な穴を抜けて、三四間宛《づゝ》の段々を、右へ左へ折れ盡すと、路が二股になつてゐる。その條路《えだみち》の突き當りで、カラカラランと云ふ音がした。深い井戸へ石片《いしころ》を抛《な》げ込んだ時と調子は似てゐるが、普通の井戸よりも、遙に深い様に思はれた。

井戸よりもずっと深いところまで降りて、また戻る。降りて行かないかぎり、戻って来ることはできません。死んで、生き返る。胎内くぐりは生と死の双方に通じています。『坑夫』の語り手は、自分はこんな穴のなかで仕事ができるのか、暮らしていけるのかと自問しながら、ある意味どうにでもなれという感覚を抱えて「探り」を入れていきました。坑道は穴であり、管でもあります。漱石は、口から肛門へとつづく坑道の途中にある胃の病に苦しんでいました。『彼岸過迄』の執筆前に見舞われた修善寺の大患は周知の出来事です。彼の作品のいくつかは、坑道や消化管のような管でつながっていると言ってもまちがいではないでしょう。漱石はこの深い穴にあえて自分で意識するための「探り」を入れ、どんな展開が待っているのかを、目算なしに確かめたい気持ちがあったように感じられます。

『明暗』の連載第一回は、大正五年五月二十六日です。連載というものは、はじまってしまえば過ぎた回をさかのぼって修正することができません。どこかに不備や不満を感じたとしても、誤植の訂正をするくらいが精一杯で、最初から書き直すことは物理的に不可能です。流れの方向はもう変えられません。単行本化を待って手を加えるとしても、言葉の水位は不変です。冒頭で「醫者は探りを入れた後で」と書かなかったら、章立ても展開も残されている現在の状態とはちがっていたはずです。あのような語順で、あのように記したからこそ、「探りを入れる」行為に重きが置かれることになったのです。

*

さて、第一回で医者に行く場面の原型は、明治四十四年十二月四日の日記に刻まれています。

○此朝佐藤さんへ行つて又痔の中を開けて疎通をよくしたら五分の深さと思つたものがまだ一寸程ある。途中に瘢痕が瘤起《りゆうき》してゐたのを底と間違へてゐたのださうで、其瘢痕を掻き落してしまつたら一寸許りになるのださうである。しかも穴の方向が腸の方へ近寄つてゐるのだから腸へつゞいてゐるかも知れないのが甚だ心配である。凡《すべ》て此穴の肛門に寄つた側はひつかゝれたあとが痛い。反対の方は何ともない。

連載開始までもうあまり日がない。締め切りが迫ってくる。胃の調子も芳しくない。体力を温存するにはどうするべきか。しかたがない、手持ちの材料を使って、とにかく仕事にとりかかろう。そんなふうにして、漱石はまとまった分量のある明治四十四年十二月の日記に頼ったのではないでしょうか。もちろんただ書き写したのではありませんが、素材の選択においても、彼にはなんらかの予感があったはずです。痔の治療の頃の日々の記憶を用いれば、見えない言葉が掻き出されるはずだとの予感です。痔の描写は『明暗』のなかに分散されることになりました。紹介するまでもないほど有名な箇所ですが、あえて示します。津田は診察のあと無言のまま帯を締め直し、袴をはいてから医者に尋ねます。


「腸迄續いてゐるとすると、癒りつこないんですか」

「そんな事はありません」

醫者は活潑にまた無雜作に津田の言葉を否定した。併せて彼の氣分をも否定する如くに。

「たゞ今迄の樣に穴の掃除ばかりしてゐては駄目なんです。それぢや何時迄經つても肉の上《あが》りこはないから、今度は治療法を變へて根本的の手術を一思ひに遣るより外に仕方がありませんね」

「根本的の治療と云ふと」

「切開です。切開して穴と腸と一所にして仕舞ふんです。すると天然自然割かれた面の兩側が癒着して來ますから、まあ本式に癒るやうになるんです」

医者はこの「根本的の治療」のために「探り」を入れたのでした。津田には自分の内側深くに「探り」を入れる勇気も度量もありません。つねに入れられるほうです。『明暗』における「探り」の動作主は医者であり、お延であり、吉川夫人であり、お秀であり、友人の小林であって、津田その人ではないのです。第一文は「津田は探りを入れられた後、手術台の上から醫者を見上げた」とはなっていません。津田は手術台から下ろされます。医師のなすがままに任せるという究極の受け身を通して、この小説そのものが受け身であることを示したのです。

漱石は明治四十四年八月、関西で講演していたときに胃潰瘍を悪化させ、一ヵ月ほど入院しています。十一月十一日の日記に、「大阪で病氣をして湯川病院に這入つて(八月十九日?)から九月十四日に東京へ歸つて痔を切開して以降丸で日記をつけない」とある通り、帰京したのち神田の佐藤治療院におもむき、肛門周囲膿瘍と診断されて治療を受けます。いったんはよくなるのですが、翌大正元年の九月に病状がふたたび悪化し、痔瘻《じろう》の手術を受けました。これが「根本的の治療」になります。手術の後も漱石の体調はすぐれませんでした。しかも十一月、のちに『彼岸過迄』の第四章で描かれる娘ひな子の急死という、大きな悲劇に見舞われているのです。まったくつけていないと記された日から二週間以上が経過した十一月二十九日（水）に、以下のような記述が読まれます。

其通り中山さんがやつて來たが、何だか様子が可笑しいから注射をしませうと云つて注射をしたが効目がない、肛門を見ると開いてゐる。眼を開けて照らすと瞳孔が散つてゐる。是は駄目ですと手もなく云つて仕舞ふ。何だか嘘の様な氣がする。

医者は眼よりも先に肛門を調べました。死とともに括約筋は緩みます。痔もなにもなくなり、搔き出す手間もなくなります。奇妙なことですが、「何だか嘘の様な氣がする」この名状しがたい悲しみには、痔の治療の折の沈黙が張り付いているのです。

娘の「死」は、彼の「痔」と対になっています。「し」に濁点があるかないかの相違です。葬式は十二月二日（土）におこなわれ、娘は落合の焼き場で荼毘《だび》に付されました。

○落合の焼場へ行く　自分、倫、小宮。小供の時見た記憶が少しある。一等の竈《かま》に入れて鍵を持つて歸る。（十圓だけれども子供だから六圓いくらで濟む）

父親の気持ちは、言葉に残されていません。具体的な行動と、こんな状況にふさわしくない金銭の話がわざとのように書かれていて、それがかえって胸に迫ってきます。明治時代の主たる火葬の燃料は薪でした（『大日本百科全書』）。焼却には時間がかかります。夜に焼いて、骨を拾うのは翌日になるのが一般的でした。つまり、焼き場には二度行かなければならないのです。漱石夫妻は翌三日にふたたび落合に向かうのですが、そこでひとつの事件が起こります。

○火葬場に着いて鍵はときくと妻は忘れましたといふ。愚な事だと思つて腹が立つ。家から此所迄四十分懸つてゐるから、今から取に行けば往來八十分でさうして今十時だから十一時二十分になつて仕舞ふ。

一刻も早く娘の骨を拾ってやりたいなどと漱石は書きません。痛んだ心のうちを悟られないよう、探られないようにしています。鍵は使いをやって、時間内になんとかとどき、このあと拾骨がおこなわれます。漱石は窯の鍵を自分で開けず、「おんぼう」に任せ、夫妻は骨を「竹箸と木箸を一本宛《ずつ》にして」白い壺に入れていきました。「おんぼうの一人は箸で壺の中をかき交ぜて骨の容積を少なくする」とあるように、「探り」を入れるゾンデの代わりに、ここでは箸が幼い娘の骨を掻き混ぜるために用いられているのです。しかし、掻き出されたのは痔疾でも骨でもなく、父親の心でした。日記は箇条書きのようにつづいています。

○生きて居るときはひな子がほかの子よりも大切だとも思はなかつた。死んで見るとあれが一番可愛い様に思ふ。さうして殘つた子は入らない様に見える。
○表をあるいて小い子供を見ると此子が健全に遊んでゐるのに吾子は何故生きて

ゐられないのかといふ不審が起る。
○昨日不圖座敷にあつた炭取を見た。此炭取は自分が外國から歸つて世帶を持ちたてにせめて炭取丈でもと思つて奇麗なのを買つて置いた。それはひな子の生れる五六年も前の事である。其炭取はまだどこも何ともなく存在してゐるのに、いくらでも代りのある炭取は依然としてあるのに、破壞してもすぐ償ふ事の出來る炭取はかうしてあるのに、かけ代のないひな子は死んで仕舞つた。どうして此炭取と代る事が出來なかつたのだらう。

慟哭《どうこく》と言ってもいい一節です。前夜目にした炭取の器や、羽根でできた刷毛の映像が、拾骨の場面では黒から白に色を変えてあらわれ、すでに引いた四日の記述につづいて、五日の日記には娘の死と痔疾の話題が交互に出てくるという、やや異常な状態になります。

○新聞を見ると官軍と革命軍の間に三日間の休戰が成立して其間に講和條件をきめるのださうである。彼等からみればひな子の死んだ事などは何でもあるまい。

自分の肛門も勘定には這入るまい。

さらにその翌日には医者のところで顕微鏡を見せてもらう記述があって、これもまた微調整されたうえで虚構に活かされることになるのですが、痔の話題はそのまま娘の死に結びついているのですから、『明暗』における痔疾の話題の裏にはこのときの記憶も張り付いているはずなのです。これは父親の悲しみに対する「探り」を拒む一種の隠蔽でもあったと言えるでしょう。痔を切り、掻き落とすことはできても、悲しみの連想を断ち切ることはできません。『明暗』の書き出し＝掻き出しは、すでに命の絶えた大切な存在、いや、命が絶えてはじめてその大切さが理解できたものを掻き集めるためのゾンデだったのです。

第一文から死と結びついていた『明暗』は、第四十章でこんな場面を迎えます。痔の手術で入院するため、津田がお延とふたり、それぞれに人力を呼んで出かけようとしたとき、「大變。忘れものがあるの」とお延が言い出します。「何だい。何を忘れたんだい」と問う津田に「思案するらしい様子を」して、「一寸待つてて頂戴。すぐだから」と、彼女は津田を残して自分だけ車を戻させます。戻って来ると、「帯の間から一尺ばかりの鐵製の鎖を出して長くぶら下げて見せ」ました。「其鎖の端《はじ》には環があつて、環の中には大小五六個の鍵が通してあるので、鎖を高く示さうとしたお延の所作と共に、ぢやら〳〵といふ音が津田の耳に響いた」とつづいて、以下のような会話がなされます。

「是忘れたの。簞笥の上へ置きつ放しにした儘」

夫婦以外に下女しか居ない彼等の家庭では、二人揃つて外出する時の用心に、大事なものに錠を卸して置いて、何方《どつち》かゞ鍵丈持つて出る必要があつた。

「お前預かつておいで」

ぢやら〳〵するものを再び帯の間に押し込んだお延は、平手でぽんと其上を敲《たた》きながら、津田を見て微笑した。

「大丈夫」

俥は再び走《か》け出した。

やや強引な解釈をすれば、娘の死の場面の痛切さは、お延が「鍵」を忘れることによって、彼らが住んでいる「家」を「窯」に、つまり一種の「火葬場」にしてしまったことに由来すると言えるかもしれません。日記の記述者は、大切な存在の死をもってなにか新しいものを得ようとしていました。娘の臨終を告げられる前、肛門が開いていたことを書き留めるその姿勢は、『明暗』で言えば医者の眼差しに近づいています。肛門は人体において自分では直接見ることのできない場所のひとつです。見えない穴です。にもかかわらず、他者にとって、とくに医者にとっては、他のどんな穴よりも見やすいところにあるのです。「極めて縁の遠いものは却つて縁の近いものだつたといふ事實が彼の眼前に現はれた」とあるその場所こそが、「探り」を入れるべき穴なのです。

もうひとつ重要なことは、「探り」を入れる医者が、第三章の、津田のお延に対する台詞のなかで「小林さん」と呼ばれている点です。津田にはおなじ名字の厄介な友人がいて、こちらの小林はお延の前にあらわれ、津田にべつの女の影があることをほのめかします。夫の友人ですから、お延は彼を「小林さん」と呼びますが、そうなるとどちらの小林のことを言っているのか、「探り」を入れないと混乱をきたすことになるでしょう。津田にとっては、医者のほうこそ「さん」づけで呼ばれる存在であって、友人はあくまで呼び捨てです。要するに、津田の心身に「探り」を入れる探偵は二人いるのです。二人の小林によって、彼は心のなかの膿みを掻き出してもらうのです。

津田は吉川夫人にうながされ、傷の癒えないうちにという理由をつけて、清子が湯治している湯河原へ向かいます。このとき国府津《こうづ》から軽便鉄道に乗るのですが、「軽便鉄道」の字面は、便を軽くし、通じをよくする疎通の装置のようにも読めないでしょうか。清子のもとにたどり着くには、津田はこの軽便に乗り、しかも途中で「脱線」による停車を体験しなければなりません（百六十八〜百七十章）。軽便とは言いつつ、便が詰まったうえに脱線までするこの小さな汽車は、第一章の「探り」を入れられたあと、診療所を出て市電で帰途につく第二章を思い起こさせます。満員の電車のなか、彼は沈んだ気持ちで、「去年の疼痛《とうつう》」をありありと記憶に呼び覚まします。ベッドに横たえられ、鎖につながれた犬のようにおびえている自分の姿を想像するのです。追い詰められた津田はふたたび「探り」を入れられ、その先にある根本的な治療を頭のなかで体験しているわけです。

漱石の弟子である松岡譲は、師が『明暗』について語りながら、「随所に埋めてある芋を、段々掘り出し乍《なが》ら行く（此時先生は口のあたりに独特の微笑を見せて、芋を掘り出す手付をされた）ことになつてるのだから、その作者の意図を考へもせずに批評するのでは困る」と述べ、「其時の芋を掘るといはれた時の手付が今でも時々目に浮ぶ」（「『明暗』の頃」『定本 漱石全集』別巻）と記しています。結局のところ、『明暗』は、「探り」を入れられた男が、「穴と腸と一所にして仕舞ふ」心の切開手術をあちこちでおこない、自分のなかに眠っていた感情の芋を、言葉の芋を掘り起こしながら徐々に死に近づき、なんとか帰還しようとする話なのかもしれません。途中で道を塞いでいる隆起した瘤《こぶ》のような障害物を切開して取り除き、掻き出し、さらにその模様を書き出すこと。湯河原でこの先なにが起ころうとも、「天然自然割かれた面の両側が癒着」するような疎通がなされ、戻って来る動き、ゾンデを抜く動きが付与されるはずです。そしてこの展開を予想させ、未完の長篇全体を支えているのが、「醫者は探りを入れた後で、手術台の上から津田を下した」という冒頭の「探り」だったと言えるのではないでしょうか。

＊エマニュエル・ロズラン「『明暗』における会話の勾配」『WASEDA RILAS

JOURNAL』No.3、早稲田大学総合人文科学研究センター、二〇一五年十月

＊＊日記の引用箇所は、『定本　漱石全集』第二十巻（二〇一八年、岩波書店）では、「六円いくらい《〔衍〕》」とある。

†本文引用は松岡譲の証言を除き、『漱石全集』（岩波書店、一九五六～五七年）による。また、内田道雄『夏目漱石『明暗』まで』（おうふう、一九九八年）、小島信夫『批評集成8　漱石を読む』（水声社、二〇一〇年）、坂口曜子『蹟きとしての文学　漱石「明暗」論』（河出書房新社、一九八九年）、蓮實重彦『夏目漱石論』（青土社、一九七八年）を参照した。

主張でも主義でもない紀行

半世紀ほどのあいだに数度しか顔を合わせていない「彼」から、はじめての賀状が届く。郷里の漁師町に帰って家を増築し、宿屋を開いたので、気が向いたら利用してくれと書かれていたその賀状に、「私」は挨拶以上の言葉を添えずに返事を出しながら、「多分近いうちに、私自身が彼の郷里の海岸へ出かけることになりそうだ」と思う。

串田孫一『漂泊』（創文社、一九七二年）の冒頭に収められた「海の古い歌」を動かすふたりの関係はじつに微妙だ。そもそも、語り手は連絡をくれた相手にどうしても会いたくなったのではなく、「彼の郷里の海岸へ出かける」としか書いていないのである。しかし「私」は実際に腰をあげてその小さな町に向かい、列車の連絡がうまくいかず途中下車をしたり、下りた町のはずれの丘にのぼったりの回り道をしたあと、夕刻になってその海辺の町に到着する。そして、宿というにはあまりに質素な「彼」の家に一泊し、翌日にはもう帰ってくる。それだけの話だ。

漁師町は列車で片道四時間、遠すぎも近すぎもしない距離にある。「彼」との出会いは「私」が小学校三年生の時で、相手の年はひとつ上にあたるらしい。どのような経緯で言葉を交わしたのか、その折の情景も語られているのだが、だからといって賀状の向こうの「彼」に懐かしさを覚えるような書き方ではない。突然訪ねて行こうと思い立った意図もじつはよくわからないままだ。不意の移動に目的があるとしたら、そのわからなさの再確認だとしか説明のしようがないのだが、それでは定義上「目的」とは言えないだろう。

こうした目的のない移動について、串田孫一は数多くの言葉を残した。地図に記載された具体的な名を持つ山や沢歩きについてのよく知られた著作群はむしろ別枠で、たいていの主題は規模の小さな、旅と呼びうるかどうかも判然としない時空の行き来である。『漂泊』には十二篇の作品が収められており、おそらくは著者自装となる外函には、縦組の書名と著者名を中心線として、左右対称の矩形となるよう十二の作品名がレイアウトされている。収録順に配すると文字数の関係で縦横の均衡を保つことができないからだろう、目次の順番とは異なる配列になっていて、しかも一書をまとめる「随想集」という三文字が調整のために組み込まれている。

左右にそれぞれ三行ずつ、もしくは三列ずつで構成され、「随想集・赤い手帖・夜明けの声・海の古い歌・点滅・波打ち際・筆洗」が右、「初冬の疲れ・埠頭・駅の椅子・鴫・蛇のいた山荘・捨てられた海辺」が左となっているのだが、実際には「海の古い歌」ではじまって、「捨てられた海辺」というふたつの名もない海で閉じられている。形のない漂泊の動きをこうした長方形の文字列でかっちり示すのは、ある意味矛盾だろう。著者の漂泊には野放図な崩れがないということにもなる。

事実、十二篇の物語に共通しているのは、ふとしたきっかけで動き出す現在と過去の往還であって、「海の古い歌」のような片道四時間の列車の移動は大がかりなほうである。情報端末の進歩によって、どこになにがあるかを事前に把握でき、しかも移動のあいだの「時間の無駄」を極力排する手段が整っている現代においては失われてしまった愉しみ。動機のあいまいさや行き先を決めない不安とないまぜになった、いわば少し影の差した規模の小さな日々の移動を、串田孫一はまるで自分のための紀行文のように綴っていたのだ。

時間は無色透明である。役に立つ時間や無駄な時間といったものは存在しない。長短や価値の有無をそこに見出そうとするのは、私たちの感覚にすぎない。現実の旅は移動であり、移動には時間がかかる。すでに終わって、たどり直すわけにもいかない旅についてなにかを記すことは、言葉で時間を巻き戻し、そこになにがあったのかを自分自身に対して納得させるきっかけを摑むことと同義なのだ。ただしそれはあくまできっかけにすぎず、納得そのものには到達できない。この前提を歯がゆいと思わずむしろふつうのこととして受け止めたときに、漂泊がはじまるのである。

辞書の定義というより、倫理的な体感によって漂泊を理解すること。『漂泊』の「後記」には、串田孫一の文学を語るうえで無視できない貴重な証言と箴言めいた思索の跡が、本文よりも濃い密度で記されている。『愛の彷徨』(創文社、一九五二年)を刊行した頃、串田孫一は「甘美な無言の渦のへりに流されて来ていながら、躊躇《ためら》う力を残し、逆らう勇気をひそかに貯えて、寂しさを払いのける」姿勢を失ってしまえば「自分の存在は漂泊に終わる」と、厳しい場所からおのれを見つめていた。漂泊は当時の彼にとって、どこか逃げの要素を否定しない行為だったのである。「漂泊は目的を断念させたあとに快い眠りを教えるだろう」。しかしその快さに誘われずに彷徨をつづけていれば、陶酔のあとの苦い目覚めもさえぎることができる。したがって、可能なかぎり漂泊の一語を避けるのが望ましい。
とはいえ、二十年の歳月はひとつの彷徨だった。彷徨の持続は、持続そのものの質を変える。

今は、かつての彷徨を前へ押し出して行こうとしていた時のような理屈の絡め方が出来ない。漂泊は主張でもなければ主義にもならない。それはいつの間にかそうなっていて、暫くは気がつかずにいた。

主張でも主義でもない移動の様式に、目的地を置くことは厳禁である。それらしい場所があっても、あからさまに訪ねるというようなやり方は慎重に避けなければならない。古い手帖に記された言葉やピアノの後ろから出てきた写真をきっかけにといった展開もあるのだが、外からはなにも変わっていないのだ。「海の古い歌」の末尾で、語り手は「この年齢になって、僅かの心の成長を感じた」と書いていた。成長を感じているのはこの「私」だけであって、それで世界が変わるわけでもない。自分のなかが変われば変わるほど、疎外感も大きくなる。しかし目的のない漂泊に身を委ねている者にとっては、閉じこもりのようにも見える内側の回路変更が、結果的にかなりの揺れを起こす。こういうことをすれば「きっと効果がある」などと期待してはならないのだろう。

ここではない場所を訪ねて、戻ってくる。人はその単純な行為の反復を通して、主義主張ではないフィルターを探す。もはや言うまでもない。彷徨ではなく漂泊をあっさり口にできるふるまいを身体に染み込ませることじたいが漂泊なのである。それを繰り返し書きつづけた串田孫一の漂泊は、まだ終わっていない。

雑木林の用足し　小沼丹の周辺から

先生はいつも、あまり音を立てずに廊下を歩いてきた。教室に入る寸前までその調子で、仕草はゆったりしているのだが、後ろ手にドアを閉めるひと押しがやや乱暴だった。その時点でもう十五分は遅れていて校舎はしんとしているので、よけいに音が響く。ドアから教壇までかなりの大股で進み、軋む椅子に腰を下ろすと、まずパイプを取り出してかちかちと専用のライターで火を熾《おこ》し、ひとつふたつ煙を吐いたあと母音をながく引きずるような声で出席を取って、ラクダみたいにあごを動かしながら学生たちに訳読を命じた。

テキストはジェラール・ド・ネルヴァルの『シルヴィ』である。日本の教科書版ではなく註なしの原書を用いていたところに加えて、ネルヴァルのなんたるかという解説もなしにいきなりはじまったので、みなわけもわからず担当箇所だけを前後の脈絡抜きで奇怪な日本語にしていくのだが、先生はそれを咎めることも叱ることも、また不出来に落胆することも頷くこともなく、ただパイプをくゆらせてじっと聴き入り、しかるのちに速度を落とした読経のリズムでまた頭から原文を朗読するのだった。そのフランス語は見者の母音だけでできている純粋形態の夢のようで、「夢は第二の人生である」というネルヴァルの金言を染み込ませた、先生にしか理解できない言語であるように思われた。催眠術と紙一重の読経が終わると、今度は出欠を取るのとおなじ間合いで、一語一語のあいだを引き離しながら日本語訳が訥々と読みあげられる。先生は当時六十代のなかばだったろうか、半睡半醒のぼんやりした顔だち、曖昧でとろとろとろけるような口跡、授業に対する熱意や愛の欠如などといった言葉とは別次元の突き放し方をもって、私たち学生を奇妙なオーラで包み込んでいた。

夏休みが近づいてきたある日、信濃追分のセミナーハウスでクラス合宿がおこなわれるとの公式発表があった。そこでなにをするのかはだれも知らなかった。ただ合宿参加が演習単位取得の絶対条件であるとの噂がまことしやかにささやかれていたので、八月の暑い盛りに私もネルヴァルの原書と仏和辞典をリュックに入れて追分に出かけて行き、指定の時刻に集合してみなでわいわいやっていると、白い半袖のワイシャツにグレーのズボンという軽いいでたちで、いつものパイプをくわえた先生がなんだかぼーっとした顔であらわれ、ぼくは追分に別荘があるので、夏のあいだはずっとここにいます、みなさんも大いに楽しんで親睦を深めて下さい、と講読の時の口調で述べた。当惑が浅間山の噴きあげた灰のようにひろがった。授業は、ないんですか？　不安になって訊ねた学生に、先生はパイプを口から外して、これまでになくきっぱりした口調で、ありませんと即答した。会合はこれで終わりです、夜の食事には、ぼくも来ます。

私たちは仕方なくソフトボールをやったり、貸し自転車で近隣を走りまわったり、なんとか時間をつぶして唯一の楽しみといっていい夜の食事まで過ごした。終日動いて疲れ果て、半分眠っている私とは対照的に、酒の入った座持ちの学生たちは、あーあははは、あーあはははと上機嫌に笑う先生の別荘へ遊びに行き、夜遅く戻って来た。どうだったと仲間のひとりに問うてみると、いやあ、俺の下宿より汚いよ、みごとに散らかっていて流し台には食器が山積み、おまけに妙な犬がいてさ、雑種のくせに《レヴリィ》なんて洒落くさいフランス語の名前がついてるんだ、と片付かない顔をした。夢想なんて、ネルヴァルでもうこりごりだ。

二日目の記憶はほとんどない。結局、三日目の朝一番で私は帰京し、残りの休みを蒸し風呂のような下宿でぐったりしながら、漫然と本を読んで過ごした。小沼丹の『小さな手袋』に触れたのは、九月に入ってしばらくした頃だったと思う。小澤書店版の青い函入りの本である。カサリン・マンスフキイルド、モオム、ジユウス、ビイル、ナイタア、カラア、テレビといった片仮名表記と爺さん婆さんの魅力的な肖像を併せ読んでいると、不意に、追分の林のなかの山荘で夢想の犬を愛でていた先生の名前が目に飛び込んできて私を驚かせた。

室君はフランス語の先生で、郊外の雑木林のなかに住んでゐる。雑木林は庭であつて、家を建てるとき、昔の儘の雑木林を切らずに殘したのである。雑木の間に、松の大木が數本聳え立つてゐて、それに蔦が絡み附いたりしてゐる。夏になると葉が茂つて、路から見ると、とてもその奥に住居があるとは思へない。別に門も無いから、郊外散策の男なぞは恰好の場所と心得て、ちよいちよい這入り込んで來て用を足す。一度は室君が散歩に出ようとしたら、若い女が用を足してゐて、これには室君も啞然としたらしい。

――しかし、昔はヴェルサイユ宮殿の庭で用を足したんだからな……。
これでは、室君が憤慨してゐるのか、喜んでゐるのか判らない。（「トト」）

初出は一九六四年。雑木林は都内の中央線沿いにあるのだが、追分帰りの私の頭のなかでは両者が時空を越えて重なってしまった。右の一節には、小沼丹が作り込まれた虚構から離れていく時期の言葉運びと筆触が出揃っている。まず私たちの先生である室淳介氏は、室さんでも室氏でもなくて室君でなければならない。小沼丹における君呼びは、多少のデフォルメも許容され、つまらぬ誤解を招くことはないとわかっている親しい相手に用いられる。謎に満ちた室先生は、室君と呼ばれた瞬間に新しい顔を見せた。その新しさは新奇さというよりも親しさだった。ひとりの人物の知られざる側面を提示しながら、読み手にとってより近しい存在に変貌させるのが小沼丹の文章である。武蔵野の雑木林に文学の湿り気はない。おなじ湿り気でもそれは用足しのなせるものであり、しかも男女の別を問わない。自然のままに残した自宅の一部で、見知らぬ人々が自然の呼び声に身を任せるさまをヴェルサイユ宮殿のレベルへ引きあげて飄然としている「室君」の気配は、この一文が発表されてから二十年後の「室先生」となんの違和感もなく一致している。喜んでいるのか憤慨しているのか判らないとあるこの「判らない」は、「かしらん?」や「かもしれない」と同様、小沼丹の世界に不可欠な否定と推量の装置であるばかりでなく、『シルヴィ』講読の際の室先生の呼吸でもあったのだ。

室君はこの雑木林のなかの家で、女性に囲まれて暮らしている。奥さんと娘二人、猫が五匹に犬が二頭。猫も犬も雌で、「うちは母系家族」だと言う。庭には小さな池があり、金魚が二十尾ばかりいるのだが、それもすべて雌なのかどうかは「流石の室君も保證しなかつた」。小沼丹はこうつづける。「——だけど、もう何年も飼つてるが、ちつとも増えないからね、きつと雌ばかりなんだらう。/決して雄ばかりとは考へない」。

真面目なのかふざけているのか、右の引用で四度あらわれる室君の考えはなかなか読めない。つねに白昼夢のなかにいるような切り返しを書き留める筆には、しかしなんとも言えないユーモアと愛情が込められている。一文はその後、雌猫に酒場の女性の名がついているというエピソードからタイトルの「トト」に向かっての下げに入るのだが、「室君」の人物像は、構成の妙にではなく言葉の雑木林のあいだの、先のほうまですっと見通せる一点に支えられているのだ。
この一篇は、妻の死の翌年、つまり大寺さんものと呼ばれる作品群を切り開いた「黒と白の猫」と同年に書かれている。『小さな手袋』には、妻の死を描こうとしながら、一人称でも「彼」でも「しつくり」しなくて苦しんだという、よく知られた「十年前」も収められている。一人称や「彼」では「鳥黐《とりもち》のやうにあちこちべたべたくつつく所があって」、それが気に入らなかったと小沼丹は言う。

此方の氣持の上では、いろんな感情が底に沈澱した後の上澄みのやうな所が書きたい。或は、肉の失せた白骨の上を乾いた風がさらさら吹過ぎるやうなものを書きたい。さう思つてゐるが、乾いた冷い風の替りに湿つた生温い風が吹いて來る。

小沼丹の試みは、語り手と作者が等価に見えてしまう私小説的な構えを逃れるためのものではない。人称代名詞の排除、韜晦、とぼけ、はぐらかし、羞恥の共有などと、それらしい言葉をいくら当てはめても、彼の文章全体の雑木林的な機能は把握できないのだ。木々は放置してあるわけではなく、庭もまた箱庭のようでいて風通しよく外に開かれている。「トト」にかぎらず、登場人物の顔立ちや服装には最低限の言葉しか費やされていない。それなのに、語り手とその人物が相対していたときの空気がじんわりと浮かびあがってくる。だれかひとりにスポットが当たるというより、作者側の体験の総体が言葉に変換され、それをうまく譲渡してもらった感覚なのだ。言葉の接ぎ木という形で、自然と不自然が微妙に溶け合うのである。

一冊の本によって室先生は室君になり、小沼丹は『村のエトランジェ』の小説家から特異な散文家へと変貌した。夏の休みが明け、後期がはじまって秋になり冬になっても『シルヴィ』は読み終わらず、いつの間にか試験が済んで三年生になってみると、小沼丹の本は鞄に入れることができても室先生の授業がなくなったことが妙に寂しくて、授業を終えた先生を廊下で待ち伏せて飲み会に誘ってみた。お前が交渉しろと仲間たちに命じられたからである。先生は例の調子で驚きもせず、あ、行きます、と即答した。

その夜、室先生は居酒屋で大いに笑い、大いに語った。雑木林ではない用足しのために幾度か中座もされた。小沼丹のエッセイのことは、どうしても言い出せなかった。

減速して、左へ寄って　片岡義男小論

片岡義男は、ごくあたりまえの前提として受け入れられている「小説的現実」といつまでたっても平行線をたどらざるをえない、よい意味で不幸な書き手である。存在感のある人物造形とも、善と悪をそれぞれにあてがって中和させ、ときに決裂させたままひとつの「世界」を構築するといった神の視点に立つ使命感とも、彼は徹底的に無縁なのだが、その縁の無さの依って立つ基盤を読み手はしばしば見逃してしまう。

いかにして片岡義男と呼ばれる作家が誕生したのか。それについては『言葉を生きる』（岩波書店、二〇一二年）をはじめとする数多くのエッセイのなかで散発的に語られている。日系二世の父親の英語と関西系の母親の日本語のあいだに身を置いて、まずは英語で思考し、関西弁のなかでそれを受けとめつつ東京語を習得するという回路を彼はつくりあげた。しかし、一般的な日本人とは異なる言語的生い立ちをもってその作品を説明しようとしても、なにかがしっくりこない。これはあくまで必要条件であって、十分条件ではないという気がしてならないのだ。片岡義男を片岡義男たらしめているのは、習得した言葉でなにを描くかというより、その言葉をどのように選び、どのように観察して、どのように自分との距離を構築してきたかという、表現の半歩手前の言葉との身体的な関係性がそのまま主題になっていく点にあるのではないか。しかもそれは生来の感覚という以上に、当人が明確な意図を持って磨きあげ、完成させたひとつの文法とも呼びうる思考法であり、片岡義男の「小説」とは、じつは「小説」であって「小説」ではなく、その文法の応用なのだ。

誤解は、ここに生まれる。人は文法と呼ばれるものを冷たい法規のように見なしがちだが、片岡義男の世界が淡泊に映るのは、言葉の意味よりも「言葉と自分との関係性」のほうに血の通った現実があると考えているからなのだ。膨大な作品群すべてにその文法が応用されているかと言えば、そうではないだろう。ただ、例外の少なさが片岡義男統辞法の特質であって、それは人物にも風景にも事物にも分けへだてなく適用されている。文章のジャンルがそこでいったん無化されることを承知のうえで、おそらくは「小説」に分類されるであろう『狙撃者がいる』（角川文庫、一九九四年）をひとつの事例として開いてみよう。主人公の女性スナイパー、西本美貴子は以下のように描かれている。

美貴子の身のこなし、あるいは体の動きの、いっさいの無駄のない滑らかな優美さは、体をどう動かしても、その中心軸は絶対にぶれることなく、常にまっすぐであることから発生していた。日常のなかでの身のこなしも、あくまで滑らかで静かであり、なんの無理もなく軽かったから、周囲にいる人たちに対して、彼女は抵抗のようなものをまったく感じさせなかった。周囲にいる人たちから、美貴子は、強い反応を引き起こすことがほとんどなかった。

生活の匂いのない抽象的な、もっと言えば架空の世界の人形を思わせる雰囲気。部屋にも「生活の痕跡は希薄だった」と記されるレプリカントさながらの女性像を描くこの一節には、片岡文法の痕跡が明瞭に示されている。たとえば「発生」という単語の選択。優美な身ごなしをする人が目の前にいたらその動きがどこから生じているのかを知りたいと思うのは当然だろうが、自問するにしても「生まれてくる」といった程度の言葉を選ぶことが多いのではないか。しかし片岡義男はそこに「発生」という言葉をあてがう。優美さが、発生する。書き手の脳裡にまず引かれた一文の主部及び述部に優美と発生の二語が置かれ、そのあいだを結ぶ弾道が解析される。登場人物に分析の主体を預けつつ、報告を担う語り手はみずからの解析に基づいて言葉を選び取る。

彼女自身が分析したところによると、彼女に生来的にそなわっているピストル射撃の才能とは、たとえば右手を拳にして人さし指だけをまっすぐにのばし、周囲にある任意のものをその人さし指でいきなり指さすと、指先は常に完璧に正確に、標的に選ばれたその物を指しているという、そのような才能だった。

射手が標的を狙う。平均的な書き手なら、腕をまっすぐに伸ばし、さらに人差し指を伸ばして見えない光を照射するなどと処理するだろう。しかし片岡文法においては、人差し指にいたる前段階の「右手の拳」が重要になる。中学時代に空手をしていたという美貴子の経歴が、正拳を思わせる身振りにあらわれているのだと解釈することも不可能ではないけれど、それだけではこの拳が思考の結節点になっていることを示し得ない。

結節点は、最初の引用で二度繰り返される「周囲にいる人たち」のなかにも組み込まれている。近い場所で用いられた「周囲にいる人たち」のふたつ目を、片岡義男は人称代名詞にしない。分解した銃の部品を細心の注意を払って摘まみあげるように、あえておなじ表現を置くのである。西本美貴子はカリフォルニアで購入した銃を分解して複数の箱に詰め、日本に送った。無事に届いたその箱を開封する場面は、文法という身体性の美しいあらわれの一例だ。

一階のロッカーに届いていた、平たい三つの段ボール箱を、美貴子は引き寄せた。引き出しから小さいナイフを出して刃を開き、三つの段ボール箱を閉じている包装用のテープを、美貴子は切り開いた。三つの箱に入っていたものすべてを、彼女はテーブルの上に出した。

何度か読み返していると、軽い眩暈《めまい》にとらわれる。言うまでもなく「三つの」箱が右の描写の拳だ。「三つの段ボール箱」が二度繰り返され、最後だけ「三つの箱」になっているこのリズムは、二度使われたあと三度目だけが「彼女」と言い換えられている美貴子の名の呼吸とも一致している。「三つの段ボール箱」と「三つの箱」の重なりは、身体の特定の部位を何度も愛撫するような錯覚さえ生み出し、なんでもない描写をひどく官能的なものに変貌させる。並べる前の言葉のなかに、もう「中心軸」が引かれているのだ。

片岡文法の自己解説として最もまとまったものに、過去の作品を自選的に振り返り、簡単な解説を加えた『小説作法』（中央公論社、一九九七年）がある。冒頭、小説家としての実質的なデビュー作「ロンサム・カウボーイ」（一九七四年）に添えられた一文に、「自分が見た光景をいったん頭のなかで映画フィルムに置き換え、そのフィルムを頭のなかで映写しつつ、スクリーンに映し出されるものを言葉で描写していく」という自作の基本線が示されていて、西本美貴子のまわりに漂う空気も二次元を二次元に映し直すことで生まれたものだったと理解できる。

また、その後の作品で、舞台をアメリカからハワイへ、そして日本へと徐々に移してきた過程を振り返り、広大なアメリカ的光景のなかに人物を置くとすると「その人はくっきりした存在」にならざるを得ない、「くっきりしていない人は、おそらく僕には書けない」と彼は言う。アメリカを舞台としない作品でも「くっきりした存在」がとりわけ女性に適用されていることは明らかで、外からは目立たないのに輪郭は人形のように明瞭な西本美貴子は、まさしくその範疇に収まる存在だろう。

しかし、くどいようだが、映像的な叙述や主題の選択、物語の構成などは、片岡義男にとってなんの重要性もないのだ。問題はそれ以前の、言葉と自分との関係性なのだから。見逃せないのは、『エンド・マークから始まる　片岡義男　恋愛短篇コレクション　夏』（角川文庫、二〇〇一年）に添えられた「あとがき」である。「写実とはなにか。現実をなぞって写し取ることではない。僕は自分で書く小説に現実感というものを必要としていない。そんなものは邪魔だ、とさえ思っている」と彼はそこで断言している。「ロンサム・カウボーイ」を筆頭に、スクリーンへの投射という迂路が写実に近いことまでは納得できるとしても、「写実的な言葉とその使いかたとは、書き手であるこの僕が身体的に実感したり共感したりしている言葉、そしてそのような使いかた、ということだ」との発言は、享受する側から見たリアリズムの考え方とあまりにも隔たっている。

選ぶ言葉とその使いかたが僕の身体性に根ざしているなら、そのような言葉が作り出す、仮想された時間のなかの虚構の物語もまた、僕の身体性なのだ、そうでしかあり得ない。

書き手と読み手は、言葉が生み出した虚構の身体性を介してたがいの文法を確認しあう。言葉ひとつひとつに身体性が根差しているからこそ、単体で用いても虚構の世界は個性が浮き立つ片岡義男の色に染まるのだ。『エンド・マークから始まる』に収められた「5 0 1 W28 L34」の主人公鈴木恵子は、高速道路を走行中、運転席の佐藤健二に車を停めて降ろしてほしいと頼む。スピードを落として。車を停めて。私を降ろして。それで通じるはずなのに、片岡義男は彼女にこう言わせている。

「減速して、左へ寄って」

「減速」は、「発生」とおなじ位相にある。「減速」という言葉に対して、これまで自分が構築してきた関係性を、つまり距離を適用することで、はじめて場面が動き出す。この動き出しの瞬間こそが、小説的な筋書きだの人物造形だのといった的外れの要求に抗するために片岡義男が一貫して守りつづけてきた、思考速度を落とさない身体的な「減速」＝「原則」なのである。

鞠足の発する言葉

すぐれたサッカー選手は、試合で対戦した敵方の、自分より秀でた選手たちから多くを学ぶ。ボールの受け渡し、動き出しの速度とコース取り、重心の移動から相手に対する身体の入れ方に至るまで、基本的な型をいくら練習で繰り返しても、現場ではほとんど役に立たない。全体の流れを見きわめ、相手の動きを牽制しつつパスやシュートの間合いをはかるという生きたプレーの呼吸は、実力にまさる選手と相対したとき、体感として盗み取らなければならないのだ。

では、そんなふうに他者の身体言語を掠め取っておのれの技を磨き、抜きんでた存在となった選手が、稀有な才能を言葉に向けたらどうなるのか。読者の目は当然、足もとに吸いついた言葉の出し入れの瞬間に注がれるだろう。これはなにもサッカーにかぎった話ではないのだが、「コレクション日本歌人選」と題された大会の登録選手のなかに高度なリフティング競技とも言える蹴鞠の名足《めいそく》がふくまれているのを見て、彼らが身を置いた三十一文字の鞠場でなにが起きていたのかをつい想像してみたくなった。

大陸から伝わった頃には中詰めだった球が徐々に変化して、百グラム程度の重さしかない一種の革風船を使う蹴鞠のルールが定まったのは、十三世紀あたりである。蹴鞠は戸外で身体を使う競技だ。鞠足たちは蹴りあげた鞠といっしょにその先にひろがる空や雲を視界に捉え、顔をあげて周囲が見えない状態のままつぎにパスを出す仲間の位置を気配で察知する。しかし鞠は生きものである。風に左右され、懸《かかり》の木にかかって方向を変える。鞠のあがる高さと落下までの球筋は、観察でも凝視でも目測でもなく、蹴りあげた際の沓先の感覚と音で予測するのだ。それらを瞬時におこなう身体能力が、言葉の呼び込みと蹴り出しになにがしか影響を与えうると考えても不自然ではないだろう。

そんなわけで、名足のひとり、飛鳥井雅経の動きを追ってみると、冒頭に百人一首で親しんできた歌が掲げられていた。*

み吉野の山の秋風さよふけてふるさと寒く衣《ころも》打つなり

（『新古今和歌集』秋歌下・四八三）

一二〇二年、雅経三十三歳の時の歌。「み吉野の山の白雪積もるらしふるさと寒くなりまさるなり」（『古今和歌集』）の本歌取りだが、「み吉野の山の」と「ふるさと寒く」がそっくりそのまま、しかもおなじ位置に据えられている。雅経は本歌を取りすぎると難じられることもあったらしいけれど、音も流れも安定している完成されたユニットを持ち込んでいたということだろう。ふたたびサッカーに譬えれば、他者のめざましいプレーに心を奪われたとき、雅経はそれを瞬時に脳内で情報化し、四肢に伝える再現能力に長けていたのかもしれない。細部のアレンジより先に秀歌の良質の部分をもらうことに傾注し、しかるのちに冬から秋へ、触覚から聴覚現象の把握へと世界をつくりかえているという本文の解釈を蹴鞠の世界に呼び込むと、雅経はぜったいに届かないとだれもが諦めている架空の距離を一瞬のうちに耳で測り、言葉で正確に詰めてしまう人であったように思われる。

秋風が夜をさらに更けさせ、聞こえるはずのない音までこちらに届かせる。衣を打つ人のさみしさ、聞く人のさみしさ、そして音そのもののさみしさ。鞠を打ち、鞠を蹴る人が、いつも楽しく陽気だとはかぎらない。蹴りあげた回数をかぞえ、妙技を披露しながら記録を更新し、競技を楽しもうとする心の隙を突いて、冷たい風の吹くときがある。貴人の蹴鞠は儀式であり競技であると同時に、主催者の庇護を受けるための自己宣伝の手段でもあったはずだから。

建久八年（一一九七）、当時鎌倉にいた飛鳥井雅経を都に呼び寄せたのは後鳥羽院だった。自身も一流の鞠足だった院によって、雅経は歌人としてではなく競技者としてスカウトされたのである。その年の二月二十五日、二十六日と連続して開かれた院の鞠会の後者において、雅経は明足《ファインプレー》を連発し、とりわけ三連続の延足《のべあし》で周囲を沸き立たせた。延足とは「遠い鞠を追いかけていって、身体を鞠に投げかけて地面すれすれで蹴り上げるプレー」を意味し、「左の膝を地面につき右足を鞠に向かって出して蹴る」もので、「鞠に対して滑り込むようにして蹴ることになったから、地面に左の沓先を引きずった跡が付いた」。名足がやると、最後の一歩で一丈あまりの跡がつくという**。

名足は雅経ひとりではない。しかし瞬発力と状況判断力において他の追随を許さないプレーヤーによる言葉のパスが、先の「み吉野の山の秋風さよふけて」の一首に通ったと考えれば、語句のつなぎの呼吸と流れが鞠球の筋に重なって見えてくる。鞠球を受けて一度高く蹴りあげ、空に向けた目を鞠といっしょに落とし、身体に添わせて右足の先に誘導することで技量の高さを見せつけながら大きくまた蹴りあげ、ふたたび鞠球と一対一になったまま、つぎの鞠足にパスを出す一連の動きにぴたりと合わせる。秋の風もふるさとの寒さも衣を打つ音も彼は鞠球への注視のうちに消し去り、無音のなかではっきりとした幻聴を聞く。そして、その音源までの距離を延足で踏破し、衣を打つ想像上の音の余白に受け手が走り込む間を予測して言葉を出す。

移りゆく雲に嵐の声すなり散るかまさきの葛城の山

（『新古今和歌集』冬歌・五六一）

音はたしかに聞こえている、と私は思う。ただしそれは、蹴りあげた鞠球がいちばん高いところで静止したほんの一瞬だけ伝わる、あってないはずの音だ。激しい雲の移りゆきを目で捕捉し、架空の嵐の気配だけを感じると言ってもおなじことである。

蹴りあげた鞠が、正方形の四隅に植えられた四種の木々によって描かれる結界の外へ出たり懸の木に当たって方向が変わったりした場合の対処法をあらかじめ頭に入れたうえで唯一無二のポイントを逃さず、「散るかまさきの」と右足でたたみかけ、そのリズムを喪わないよう縛られた沈黙を他者に向けて開放するのだ。まさきのかずら(定家葛)の花の風車みたいにねじれた白い花弁が、幻視のなかで舞い散るさまを風に煽られてぶれる鞠球に重ねるなんていくらなんでも無理があるけれど、「宇陀野のや宿かり衣雉子《ごろもきぎす》たつ音もさやかに霰《あられ》ふるなり」(『新拾遺和歌集』)のような掛詞の連なり(宿かり/狩)に耳を傾けると、ふたたび詠み手の身体のこなしに連想が走る。

不意の風に動きやすいはずの狩衣がふくらんでばさばさ音を立てる、その音と雉子の飛び立つ羽音が連動し、打ち叩くような激しい霰の異音が鳴り響く。狩場と言っても鞠場と言ってもいいこの仮構のピッチのうえで働いているのは第一に聴覚である。しかし聴覚を視覚に転じる動きを司っているのは、複数の他者に囲まれた場のなかで、なお独りになりうる感覚ではないだろうか。蹴鞠はサッカーのような対人競技ではない。鞠を横から敵に奪われることはないのだ。にもかかわらず、向かい合ってプレーする集団のなかでとつぜん襲ってくる恐怖と空しさとさみしさを、雅経は俊敏なフットワークで覆い隠す。しかも一歩の幅が予想外に大きい。彼の無双ぶりは、現代サッカーで言えばまちがいなく一列目のものだ。

　こういう思い込みに近い印象を確かめるために、後鳥羽院に蹴鞠で登用されたもうひとりの人物、藤原秀能は申し訳ないけれど素通りして、藤原為家に目を向けてみる。***十七歳の折に院から紫白地という高い位の「韈《べつ》」（鞠沓の下の脚絆）を与えられた為家の歌にも、蹴鞠の痕跡を見つけたくなってしまう。彼の歌において繰り返し指摘されているのは、その作風が見映えのする本歌をすぐにユニットとして模倣するのではなく、だれのどのような技に敬意を払っているのか、自身の愛と好みと知性のより所を静かに明かす穏便で控え目な姿勢である。ことに歌論『詠歌一体』からの引用は、そのまま為家の蹴鞠の心得と受け取ってもいいだろう。若い頃、蹴鞠に熱中しすぎて歌の勉強を疎かにしていると難じた父——最前列で待てる華麗な言葉の名足であった定家——とちがって、為家はむしろ視野の広い守備的MFとして姿勢よく前を向き、ライン際の球を延足で無理に追わず然るべき場所に「寝なまし」言葉を配球する鍛錬を、鞠場でずっと積んでいたように思われる。

　他者の動きを消化したうえで、ひとつひとつのプレーの「詞続き、しなし様など」

をさりげなく洗練させ、だれにも真似できない穏やかな独創の網を張る。狩衣のかわりに霞の衣をまとった為家の膝と足首の柔らかさに私は憧れてしまうけれど、それは飛鳥井雅経からの架空のパスを「空さえかけて」通したときにだけ浮かびあがる幻術なのかもしれない。

＊稲葉美樹『飛鳥井雅経と藤原秀能』コレクション日本歌人選０２６、笠間書院、二〇一一年
＊＊渡辺融・桑山浩然『蹴鞠の研究　公家鞠の成立』東京大学出版会、一九九四年
＊＊＊佐藤恒雄『藤原為家』コレクション日本歌人選０５２、笠間書院、二〇一二年

Ⅲ

「あ」の変幻

端がぎざぎざとほころんでいる黒い紙表紙の下から、クロース装らしい澄んだ青い色がのぞいている。雑誌のグラビアでかいま見た作家の仕事場の、広い書き物机の隅に寝かせてあるぶ厚い辞書。いかにも使い込んだふうの小口の汚れと表紙の適度にくたびれた様子が、なんともいえない雰囲気を醸し出していた。背表紙には広辞苑とある。

これがあの、と私は早速、近所の公立図書館へ実物を確かめに出かけた。当時、オーディオブームなるものに踊らされてさまざまなカタログに眼を通していたのだが、書棚に収めるブックシェルフ型スピーカーの惹句のなかに、「広辞苑よりやや低め」といった表現を見つけて興味をそそられていたのである。小学校六年生のときだったと記憶しているのは、直後にその木造二階建ての図書館が閉じられて、べつの町へ移転してしまったからだ。そこで最後に手にした本が『広辞苑』だったのである。

紙の表紙カバーは剝がされていたけれど、本体の色と背文字で遠目にもすぐにそれと判別できた。大きな木製の書棚に立てられたときの、ややずんぐりした縦横のバランスがとてもいい。そこでようやく先の文言の意味するところを理解したのだが、手に取ってみるとかなり重くて、独特のてかりのある紙質には知的な威圧感もある。自宅の粗末なスチール製勉強机にはまるで合いそうになかったし、ごくふつうの国語辞典にさえ触れていない者がいきなりこのレベルに手を出すのも無謀だろうと思われた。

中学にあがると、入学式から始業までのあいだに、いくつかの辞書の購入が義務づけられていた。英和、和英、国語、漢和。版元の指定はなく、各自好きなものを用意すればよかったのだが、新学期にあわせて書店の平台に積まれている辞書の多くはビニール装ばかりでどうにも気に入らず、さんざん悩んだ末に、表紙の色が最もおとなしいものを選択した。ところが、それから何カ月かして、渋いベージュの函に入った、ビニール装ではない小型の国語辞典を発見したのである。深緑の紙クロース装で、語彙は多くなさそうだし図版もなかったけれど、手に収まる感じがじつにいい。二色刷でないのも魅力的だった。金策のために取り置いてもらって、数日後にそれを購入した。岩波版『国語辞典第二版』の第八刷だった。

よし、これを使いこなせるようになったら、いつかブックシェルフ型スピーカーといっしょに『広辞苑』を買おう。そう心に決めたものの、月日は無惨に過ぎた。高校に入学してからは、ものの本で何度も「広辞苑によれば」という文句を眼にしながらついに購入の機会は訪れず、もっぱら図書館で引く生活に甘んじていた。

広辞苑によれば、と物書きが記すとき、書名に二重鉤括弧はなかった。広辞苑は地の文とひとつづきの固有名詞であり、括弧なしの広辞苑をさりげなく引き合いに出すのが、なにかとても高尚なことのように思われた。大学に入っても先の国語辞典を使いつづけ、使いこなせぬままにようやく長年の夢をかなえたのは、第三版第一刷からだ。一九八三年十二月、学部の二年目が終わろうとしていた。嬉しさのあまり、私は「あ」の項目が記された最初の頁を暗記するほど読み返し、当然ながらそれ以上読み進める根気もなく机の片隅に眠らせて、時どき思い出したように語義を確かめるという情けない状態に陥ったのである。

十年後、あいだに留学をはさみ、二年遅れで第四版を買った。心を入れ替えようと思ったのだ。ことの成行きとして「あ」の項目を開いてみたら、「アーチ」の項目のイラストがひとつ増え、留学先で食した「アーティチョーク」の項目に挿絵が加わっていた。もしこの絵が第三版にあったら、異郷ではじめて味わった食材の全体像を想い描く楽しみを奪われていたかも知れない。『広辞苑』にないものに救われた、それが数少ない事例である。

うそぶくことについて

その言葉はまず耳から入って来た。小学生のとき、年の離れた兄貴からいろいろな知識を得ている友人が、あいつはうそぶくからなと、いかにも日常的にそういう言いまわしを使っているような口調で、けれど周りにはちゃんと聞こえる大きさの声で言ったのである。話の流れからすれば、あいつは嘘をつくからなとふつうの云い方をしても変わりはないのに、わざわざそんな表現を選んだのは、たぶん嘘つきの一段上位にある用法なのだろうと私は考えた。子どもにとって「うそ」の一語は重い。嘘つきは泥棒のはじまりであり、悪いほうに転べば仲間はずれにされる口実にもなる。その後も友人はここぞという場面でよく「うそぶく」を使ったのだが、私はなぜかそれをうまく自分の語彙に加えることができなかった。

高学年になったある日、国語の時間に狂言の「柿山伏」を習った。ここでも音が先だった。内容説明の前に舞台録音のカセットテープを聴かされたからである。食道と胃のつなぎ目に声帯があるとしか思えない、腹ではなく洞穴から吹き出してくるお経のような、重々しく揺れるじつに奇妙な声だった。いや、吹き出すのではなく、吸っていたのかもしれない。

くわぁいをむぉむぉたぁぬやまぶしぐわぁ、くわぁいをむぉむぉたぁぬやまぶしぐわぁ、みつぃみつぃうそぉうぉふこうよぉ。

すべての音に漢字と仮名を振り当てることはできなかったのだが、「うそぉうぉふこうよぉ」のくだりではたとひらめいた。これは友だちが自慢げに口にしていた、あの「うそぶく」ではないか。おまじないのような右の台詞をわかりやすく文字に起こせば、「貝をも持たぬ山伏が、貝をも持たぬ山伏が、道々うそを吹こうよ」となる。この山伏は法螺貝《ほらがい》を持っていないので、代わりに「うそ」を吹く。法螺貝だから法螺を吹く、すなわち嘘をつくの意味だろう。そんな連想は残念ながら即座に否定された。「うそをふく」の「うそ」は「うそぶく」のそれと同義で、たんに口笛を吹くの意であり、「嘘」とはなんの関係もなかったのだ。

いま手元の大野晋編『古典基礎語辞典』（角川学芸出版、二〇一一年）で「うそぶ・く」（嘯く）を当たってみると、「ウソ（口をすぼめて出す息）とフク（フク、ヵ四、息を出す意）を表したが、やがて音だけではなく言葉を伴ったときにも使うようになる」との解説がある。他に定義は四つ。詩歌などを口ずさむ。鳥や獣が鳴き声をあげる。風が音を立てる。そしらぬ顔をする。「うそぶく」に耳をそばだてていたかつての少年はあらためて驚く。なぜなら、この語釈に記された行動は、すべて「柿山伏」のシテの演技にふくまれていたからである。

厳しい修行を積んだはずの山伏の失態。腹が減り、喉が渇いて、彼は柿を盗み食いする。現場をおさえた持ち主は、相手が山伏だとわかっていながらからかい、鳥や猿や鳶の鳴き真似をさせて楽しむ。権威を茶化すこと。教科書的にはそんな解釈も成り立つだろう。しかし舞台にあらわれてすぐの山伏の口上は、詩歌の吟唱に等しいものだった。隠し通せず必死でごまかし、鳥獣になったふりをするばかりか、最後には木から飛び降りる羽目になる。結局、嘘をつこうとしてうまくいかなかったのである。山伏の行動と結末は、導入部で提示された「うそを吹こうよ」のなかにすっぽり収まってしまう。「柿山伏」の主題はたしかに「うそぶく」だったのだ。

となると、あいつはうそぶくからなと聞こえよがしに言った友だちが、それを「嘘をつく」の意味で使っていたとしても誤りではなかったことになる。実際のところ、「あいつ」ではなくご当人がうそぶいていたではないか。抑揚をつけて喋り、ものまねをしながら歩き、走りまわって風を起こし、気位が高いのかへまをしてもそしらぬ顔でごまかすのがつねだった友人こそ、道々うそを吹いていたにちがいないのである。

文字変換

ものごころついた頃から父親のことを「おやじ」だなんて呼んでいる子どもは、たぶんいないだろう。歯の浮くような洋風もどきは論外として、たいていはお父ちゃん、父ちゃん、お父さんくらいから少しずつ「おやじ」へと近づいていくわけで、切り換えの時期に個人差はあれ、これは男児にとってなかなか大きな問題である。

年の離れた兄貴の真似をして、友だちのまえで「うちのおやじはさあ」などといかにもさりげなく口にしてみせる連中もいなくはなかったけれど、彼らのふるまいと、「おやじ」という言葉にそなわったある種の対等関係を求める倫理的な語感との釣り合いがじつに悪くて、そういう場面に出くわすと、おなじ子どもながら私はいつも片腹痛かった。

父親の二文字をひっくり返すと親父になる。この単純だが深遠な事実に気づいたのは中学生のときだった。なんだ、ただ文字の上下を入れ換えればいいだけの話じゃないか、そんなところで妙な徳目を持ち出す必要などないだろう、今日からでもすぐにお父さんから「おやじ」へと階級をあげよう。そんなふうに思う一方で、父親が自分の父親のことを、つまり私の祖父のことを「おやじ」と呼ぶ際のいかにも自然な感じを耳にして、やっぱりまだ時期尚早かとためらうのがつねだった。

大学入学と同時に上京し、つぶしのきかない文学部で四年も遊び惚けたあげく、就職活動もせずそのまま大学院に入院し、複数の奨学金があったとはいえ留学までしてなお仕事のない息子に、「父親」はなにひとつ文句を言わなかった。もうそんな時代ではなかったのに、義務教育を終えたあと家庭の事情ですぐ働かざるをえなかった苦労人だから、息子がやろうとしている学問の世界など理解の外にあっただろうし、本人もわからないと正直に認めていた。それでいながら、必要とあらばいつでも、無条件で、あたりまえのように救いの手を差し伸べてくれたのである。

理解できないことと無理解とはべつもので、後者を表明するまえに人間として踏んでおくべきステップはいくらでもある。そう教えてくれたのは、「おやじ」ではなく「父親」のほうだ。そういう「父親」に対して、敬意と感謝の念こそ持ち得ても返すものがなにもなかった息子は、表向きは軽々しく「おやじ」を使いながら、心の底でまだ資格はないと戒めていた。

わりあい自然に「おやじ」を使いこなせるようになってきたのは、つい最近のことだ。「父」と「親」の組み合わせを換えるのにこれほどの時間を費やしてしまったとはじつに情けない話だが、それは「父親」と対等になったからではなく、対等でありたいとこれまで以上につよく素直に望みはじめたからだと思っている。

温かいホットケーキの逆説

青春という言葉に退いたりしなくなったのは、いつの頃からだろうか。むかしもいまも青春と名の付く書物や映画がたくさんある。それぞれにすばらしいものではあろうけれど、青と春の二文字だけでなくそれにくっついてくる大仰な言葉を直視できず、以前はなんだかんだと避けていた。

ただし例外はいくつかあって、そのひとつが織田作之助の『青春の逆説』である。レポートの課題として強制されるのでなければまず読まないような表題だが、大学の図書館で偶然手に取って開いた第一部「二十歳」の一節のなんとも言えない展開に、私はすっかり心を奪われてしまった。

主人公の高校時代の友人がふたり、金もないのに夜の町で遊んで、一方が他方を人質にして金策に走る。途中で彼は、先日「一銭の金を借りるために、京極を空しく三往復した」ことを思い出すのだが、その折の所持金は十四銭だった。腹が減っていて、おまけに珈琲が飲みたいと彼は思う。十五銭のホットケーキを食べると珈琲がついてくる「スター」という喫茶店があって、そこに入れば「一挙両得」だと考え、足りない一銭をだれかに恵んでもらおうと歩きまわり、店の前を六度も通ったというのである。そして、べつの店で十銭の珈琲を飲むかうどんを食べるかのどちらかにすべきだと自分に言い聞かせたものの、「どうにもホットケーキに未練が残った」。

珈琲かうどんか。この生々しい二者択一に気圧《けお》された状態で目にした一節によって、織田作之助は私のなかで不動の地位を築いた。

ふわっと温いホットケーキの一切が口にはいる時のあの感触が唾気を催すほど、想い出されるのだ。蜜のついている奴や、バタのついている奴や、いろいろ口に入れたあとで、にがい珈琲をのんだら、どない良えやろかと、もう我慢出来なかった。

けれどその一銭が遠かったと思い返しているうちまた我慢できなくなり、財布をひっくり返したら十分な金があったので、彼は先の店に入ってホットケーキを食べる。悪行を恥じるあまり身内にも金を貸してくれと頼めない状態で、ホットケーキの誘惑に負けたのである。当然、珈琲もおまけで飲むことができただろう。

初出は一九四一年。それから四十年近く経って、ホットケーキと珈琲の組み合わせに屈した登場人物に対する共感だけで読者になったばかりでなく、読後すぐさま喫茶店に走っておなじものを注文してしまった貧乏学生が、青春の逆説どころか蹉跌《さてつ》の意味を教えられたことは、もはや述べるまでもない。

†織田作之助『青春の逆説』『織田作之助全集』第二巻、講談社、一九七〇年

面白い

この作品について、どう思いますか？　職業柄、そんなふうに身も蓋《ふた》もない言い方で感想を求めなければならない状況にしばしば陥る。回答の第一声として最も多いのは「面白かった」というものだ。

面白いという形容詞は、辞書の定義によれば、本来、目の前がぱあっと開けて明るくなるような、いわば啓示を受けたに等しい状態になることを意味していたらしい。一瞬の出来事であれ身体的な反応であれ、そこには個人的な好みが影響する。使い方を誤るとあらゆる事象を「面白い」の一語で済ませてしまって、他者との対話を拒み、世界を閉ざすことにもなりかねない。

自分が感じた光の量や質を、どのように他人に伝えるか。「面白い」という言葉には、本来、表現に対するそうした一連の心の動きが込められていなければならない。

ところが慣用ではそうなっていないのだ。「面白い」は絶対の価値基準であり、絶対であるがゆえにその理由を問われる心配がない。面白いと口にしておきさえすれば他人からの突っ込みも避けられるし、曖昧な領域に自分の弱さを逃がすこともできる。

私自身も不用意に「面白い」と漏らしてしまうことがある。そのたびに、なんと浅はかなごまかしであるか、なぜもっと時間をかけて面白さの内実を探ろうとしないのかと自責の念にかられる。

一方で、面が白くなるほどの衝撃に分析的で論理的な言葉の後追いを求めても仕方がないこともわかっているつもりだ。おそらくその両面を意識的に使いこなして、はじめて日々は「面白く」なるのだろう。

一語とおなじ一文の力

恋には予行演習が必要だ。こんな恋、あんな恋をしたいと、人はさまざまに夢想し、口にするべき言葉を、口にされるだろう言葉を頭のなかでこねまわして、激しい胸の疼《うず》きを感じる。恋には年齢制限がない。十歳の子どもでも八十五歳の老人でも、だれかを好きになるときは好きになり、相手のことしか考えられなくなる。

しかし残酷なことに、恋の本質はそのさなかに身を置いているときよりも、準備段階や終了してからのほうがはっきり見えたりするもので、さまざまな文学作品に込められた恋の姿を感知しうるか否かは、単純な日本語の読解力にくわえてそのような前後の経験の有無が大きい。

サチコという自分の名前を幼くてうまく言えずに、ついサッちゃんと呼んでしまう女の子の詩を書いた阪田寛夫は、まさにその『サッちゃん』と題された詩集のなかでこんな詩を読ませてくれる。

「ぼく」は主語です
「つよい」は述語です
ぼくは　つよい
ぼくは　すばらしい
そうじゃないからつらい

「ぼく」は主語です
「好き」は述語です
「だれそれ」は補語です
ぼくは　だれそれが　好き
ぼくは　だれそれを　好き
どの言い方でもかまいません
でもそのひとの名は

言えない

文法的に正しければ、どんな単語だって補語の位置に置くことができるだろう。だれそれが嫌なら車でも空でもニンジンでもいいわけで、この世には人や動物との恋だけではなくて、モノとの恋を語る小説や詩もたくさんある。しかしここに書かれているのは、人が人であるための最も基本的な、ほとんど甘美といってもいい苦しみの一例であって、「ぼく」は頭のなかで好きな女の子の名を何度も呼び、時には小声でつぶやいたりノートの片隅に書き付けたりもしながら、仲間たちのまえでは決して口にしないのである。補語になる言葉を入れるためではなく、入れないための訓練なのだ。

この詩のタイトルは「練習問題」。語り手が何歳くらいなのかは好きに想像すればいいだろう。けれど先に述べたとおり、練習問題を解いているあいだが最も幸福だったと知ったとき、少年少女はすこしだけ大人に近づくのだ。大人になってからでも、こんな練習問題をひそかに解きたくなることがある。だから《童謡詩》といったジャンルにこの詩を押し込めるのは止めておこう。ここに描かれているのは普遍的な恋の世界なのだから。

普遍性と文法を結びつけて、心の震えをだれがやってもおなじ定式にあてはめるのはまちがっている。恋愛という言葉とは異なる次元で人を想うこともありうるし、そういう言葉じたいが存在しない世界もある。とはいえ、「ぼく」が「きみ」や「あなた」を愛すると口にした場合には、主語と動詞と目的語は一心同体であって切り離すことができないのである。

そのあたりの事情をつとめて冷静に語ったのが、ロラン・バルトだった。『恋愛のディスクール・断章』に、「愛しています」と題された章があって、バルトは「愛するは不定形で存在することのないものだ（メタ言語における人為的操作による以外は）」と記している。「それが発語されるときには、主語と目的語が同時にやって来る」。つまり「わたしは・あなたを・愛しています」は、阪田寛夫の「ぼく」のように練習問題として分解できない奇蹟のような「一語」なのだ。

こうして口にされた「わたしは・あなたを・愛しています」のなかの欲望は、なんの解釈もされずただただ享受され、「あなた」の反応を待つ。わたしの気持ちはもう述べた、あとはあなたがそれに対してなにかを言う番だ、と。なんと不思議な言葉の力だろう。「ぼく」は「あなた」がいなければ存在せず、「あなた」は「ぼく」がいなければ存在できない。「愛する」は、そのように理不尽なほど暴力的な一体化をも要求してくる動詞なのである。

繰り返すまでもなく、『サッちゃん』にも幼い顔を装った厳しさがある。阪田寛夫とバルトを繰り返し読むことで、愛の前後の対処法はある程度想像できるだろう。そして、それが真実の恋や愛とはべつものであることを知るための、得がたい「練習問題」にもなるのだ。

†阪田寛夫『詩集 サッちゃん』講談社文庫、一九七七年
ロラン・バルト『恋愛のディスクール・断章』三好郁朗訳、みすず書房、一九八〇年

言葉で表現できないからこそ存在価値のある分野の作品に接したとき、湧きあがってくる想いを野放しにしないで、なんとか心のうちにとどめておきたいと考えるのは、ごく自然なことである。たとえば一枚の絵の前に立って、描かれている対象をひたすら見つめ、そこから漂ってくる色彩の香りに身をゆだねて、二次元の音楽に耳を傾ける。なにがその絵を絵としてあらしめているのかを厳しく考えなくても、そこで味わった感覚を忘れたくない、なんとか記憶にとどめたいと願う心の動きが大切なのだ。ただし、記憶にとどめる器はふたつある。ひとつは直接的な身体感覚をともなう記憶。もうひとつはそこから少し距離を置いて選び取った言葉。前者は一種の触媒と言ってもいい。あとから出会ったべつの作品が過去の記憶の一部と化学反応を起こし、眼前の絵に対して抱きつつある想いと二重写しになる。すると、以前は気づかなかった部分が鮮明に見えてきて、よみがえってきた絵のどこに惹かれていたのかを自問する貴重な機会となるだろう。体験はこうして生き直され、来るべき反応に備えて貯蔵される。

重要なのは、自分のなかにという点である。いくら反芻しても、留め置かれた個人の体験をそのままの形で外に出し、他者にぶつけることはできない。当然ながら、それを伝えるには、どうしても言葉に頼るしかない。言葉を必要としない作品のすばらしさを他者と共有するために言葉を用いるというのはなんとも大きな矛盾だが、その矛盾を乗り越えなければ伝達も共有も継承も不可能になってしまう。

それだけではない。これはよかった、あれはよかったと相槌と同意に近い感想を述べあい、たがいの印象を肯定しあうことに留まっていたら、どこがどうよかったのかが明確にならないだろう。もちろん対話をつづけているうち、ふと相手が口にしたひとことで視野が開けることもある。小さな、わずかな言葉が、受け手にとっては生涯忘れられない決定的な指標にもなりうるのだが、口にした当人は、単なる思いつきであって十分に考え抜いた表現ではないと言うかもしれない。たとえそれが真実であっても、寸評の切れ味と即効性は、どれだけの言葉を体内に寝かせてきたのかによって、さらには言葉と言葉をつなぐ未発見の経路をどれだけ内蔵しているかによって効き目がちがってくる。無意識の発言であっても、いや、無意識の発言だからこそ、言語化という過程への向き合い方があらわになるのだ。他者に伝え得たひとことは、結局、自分のために時間をかけて育ててきた思考のかけらなのである。

とすれば、絵画や音楽作品についての想いを言葉で他者に伝えることと、言葉で書かれた小説や詩歌などにもたらされた感動や躓《つまず》きを語ることとのあいだに、本質的な差はなくなってくる。なぜそのような言葉で語られなければならなかったのかを考えることは、すぐに解き明かせない感情を辛抱強く煮詰めて言葉に変える作業と深く結びついているからだ。

体験はそのつど身体に染みこんで、小さな池をつくる。池はいくつあってもいい。やがてその水を汲み出すための言葉が縁に添えられる。読書とは、こうした体験と感覚の池を自分のなかにいくつもこしらえていく作業である。ただ、それだけでは足りない。池と池を水路でつなげなければならない。運河が自然な川のようになるまでには時間がかかる。急がずあわてず、体のいい時間短縮と効率の誘惑に屈することなく、点と点を結ぶ流れができたあとも、まわりに取り残された池に対する注視を怠らないことが望ましい。川がゆるやかに蛇行し、湾曲部分が土砂の堆積で分離されて三日月湖ができても、最初から点在していた池とはまったく異なる力がそこに宿っている可能性を棄ててはならないだろう。

口頭でなにげないひとことを発する土台は、こんなふうに徐々に整備される。自分の感覚が言葉として共有されることがわかると、今度は書くことへの通路が開かれる。書くこともまた、池と池の連結を目指す息のながい作業であり、それが読むことをさらに豊かにしていく。この幸福な循環を裁ち切ってはならない。本を読み、読んで書き、また読んで言葉と対話した想いを人に伝えよう。際限のないこの沃野に身を委ねる喜びが、自分だけのものであってはならないのだから。

歌でも読む様にして

識字率という物騒な単語がある。これは一般に、ひとつの国の総人口に対して十五歳以上で読み書きができる者の割合を意味するのだが、こういう話題になるとかならず、日本の識字率がいかに高いかといった妙な自慢話をはじめる人がいる。たしかにそうかもしれない。しかし、字を識《し》る力はかならずしも心を識る力に結びついているわけではないのだ。平成の世に入って生じたいくつもの人災において、責任ある立場に置かれた人々が示した立ち居ふるまいを見れば、それは明白である。

文字は、そして文字の連なりからなる文章は、どんなにありきたりなものであっても、たんなる情報ではない。情報ではあるけれど、それだけに終わらないなにかがふくまれている。たとえばかつて消息を知らせる書状や葉書の文面には、文字の読める受取人だけでなく、そのまわりの文字を読めない者にも伝わる思いが込められていた。

読める人が近くにいるのを当てにして書かれる場合もめずらしくなかった。

加能作次郎に「恭三《きようぞう》の父」(一九一〇年)と題された短篇がある。郷里の石川県から東京の大学に進んだ恭三は、夏休みに帰省して、一カ月あまり無為な暮らしを送っている。やるべき勉強にも身が入らず、むなしく散歩をするばかりで、親しい話し相手もいない。だから手紙を書く。日常の些事を、おなじく里へ帰っている友人たちに細かく報せる。返事が欲しいのだ。

ある晩、恭三が散歩を終えて家に戻ると、待ち暮らしていた自分宛ての手紙の代わりに、親族からの葉書と手紙が届いていた。父親は字が読めないので、ふだんは学校に通っている次男坊に頼んで読んでもらっている。しかしその日、酒の入っていた父親は恭三に読んでくれと頼んだ。「何と言うて來たかい。」と問う父親に息子は答える。

「別に何でもありません。八重さのは暑中見舞ですし、弟様《おつさま》のは禮状です。」

彼らの手紙は「言文一致」ではなく従来の「候文」の定型を並べたにすぎず、意味のあることなど書かれていない、伝えても分からないでしょうという息子に、分からないから聞くんだと父親は怒る。

六《むつ》かしい事は己等《おれら》には分らんかも知れねど、それを一々、さあかう書いてある、あゝ言うてあると歌でも讀む様にして片端から讀《よ》うで聞かして呉れりや嬉しいのぢや。

父親にはすべての言葉が大切なのである。差出人を見れば中身など簡単に想像できるけれど、時候の挨拶ひとつにもいろいろな言い方があって、元気なのは承知していても、そこに書かれていることをありのままぜんぶ教えてほしいのだ。声に出して読んでもらうことで定型は定型をはずれ、情報を超えた感情となる。字の読めることが当然の恭三はそこに気づかず、言葉のやりとりを効率に換算して説明や要約にかえてしまう。彼の躓きは百年後の私たちの躓きでもある。読み書きとは、本来無駄なことを無駄でなくするための力なのだ。歌でも読む様にして、という父親のひとことが、深く胸にしみる。

†加能作次郎「恭三の父」『恭三の父』金星堂、一九二二年

平日にかがやくもの　寿岳文章『平日抄』

ひとつの言葉、ひとつの表現が胸にしみる。染みたと思った直後になしうるその理由の説明はほとんど思いつきで、表面を撫でているだけのものにすぎない。少なくとも私の場合は、予想外の出来事を前にした沈黙に耐えきれなくて、とりあえずなにか述べておこうという程度の表現にしかならないのだが、心に残るといってもそれがずっと見えているわけではなく、しばらく時間が経つと、にじみ、ぼやけて輪郭を失い、そのまま奥深くに浸透し、やがて消えてなくなる。染みたという感覚だけが残って、言葉はあとかたもなくなってしまうのだ。しかし、一連の過程を身体感覚として記憶できるかどうかで、その後の自分が大きく変わる。

完全に忘れていた言葉が、脈絡を欠いたところで不意によみがえる。だれかとまったく関係のない話をしているとき、特定の目的のために本を読んでいるとき、外の景色をぼんやりながめているとき、音楽を聴いているとき、とつぜん、消失の過程もろともそれが自分のなかでもう一度見えるものになる。そこでようやく、先の理由に対する理解の層が、皮膚一枚、感覚的に深まるのだ。理由の核はあらわになっていないとしても、色移りした周辺に触れてみると、やはりその言葉には、自分にとってなんらかの重みがあったのだという気がしてくる。

言葉そのもの、という捉え方にどこか無理があるのかもしれない。見失っていた言葉をこちらに届けてくれたのは事象の前後の流れであって、その流れの強弱や濃淡が、結果的に美醜の美のほうにかかわってくるのではないか。美しいという形容を与えられるなにかがあるとしたら、そのような連動の末に見出された平坦な日常、かならずしも泰平の世とは一致しない、内なる平らかな日の、平日の海にこそ生きる浮沈子みたいなものだろう。

昭和二十二年、靖文社から『平日抄』と題された小さな本が刊行された。著者は寿岳文章。昭和が終わり、新元号となって間もなく、岐阜県のとある町の字名に、読みこそちがえ、平と成の二文字が用いられていると騒がれていたころ古書店でたまたま手に取り、癖のついた頁を開いてみたら、章の冒頭に郷里の名が記されていた。

美濃町を午後四時八分に出た汽車は、四時四十分に太田へ著《つ》いた。そこから大多線に乗りかへて多治見へ來た時は、五時半に近く、三月の末とは言へはやほのかに夕暮が感じられた。多治見を五時三十六分に出る汽車が中央本線の大井へ著くのが六時二十五分、更に乗り換へて明知へつけば八時になつてしまふだらう。多治見驛の掲示板を見てゐると、瑞浪驛から明知へ通ふバスがあるらしい。こんな時刻でも利用できるだらうか?

土地に馴染みがなければ、ごくふつうの紀行文にしか読めない一節である。「奥三河の旅」というこの小文が発表されたのは昭和十六年のことだが、三月末の夕方五時半の多治見の気配は戦後生まれの私にも親しい。春休みで学校に行く必要はなく、一日じゅう友だちと外で遊びほうけて、帰りの刻限を告げる夕方五時のサイレンをやり過ごし、さらに遊びつづけるかどうかを判断するぎりぎりの時間帯の空。そこから瑞浪、明知までの、山を越え、川沿いに下っていく車での道程と闇の深さを知っている子ども時分の怖れが、すっと背骨を走っていった。

寿岳文章は一九三七年から四〇年にかけて全国の紙漉村《かみすき》を妻のしづとふたりで行脚し、その記録を『紙漉村旅日記』にまとめている。初版は一九四三年の限定版で、翌年、明治書房から普及版が出ている。『平日抄』はこの一部に手を入れたものだ。旅程や汽車の時刻などを細かく記すのは書式のうちであって、なんら特別な表現ではない。しかし、乗り換えのために通過されていくだけの駅を包み込んだ暮れ方のわずかな時間のなかには、空気のすべてがいずれ胸にしみてくるだろうという予兆のようなものがある。夜七時過ぎにバスで明知に到着した旅人は、かつてここでもおこなわれていた紙漉きの話を土地の老人から聞き、翌朝、明知の宿の前からバスで小渡に向かう。そこで役場の人と合流したのちふたたびバスで笹戸へ移動し、待合所にトランクを預けて、徒歩で東萩平までの山道をたどる。

割合に廣い村道へ出た。馬術の發祥地として土地の人が今も記憶する大坪をすぎ、やがて東萩平に入る。道々小池君が、青年でさへ都會に出ようとはせず、何の思想惡化も不安もないその村の話をいろいろ聞かせてくれたが、なるほどそれは、行きずりのどんな村人も鄭寧に挨拶して過ぎ、小さな子供たちが、私の姿を認めて「見えたぞ見えたぞ。」とかはゆい叫びをあげる情景からもゆたかに汲みとられる。こんな村では、醜い紙は漉かうとしても漉けない。

戦前、戦中の、硬直した言葉を漉き直すような戦後の呼吸が、時代を遡ってこういう個所ににじみ出る。和紙全般の知識や紙漉きの具体例については、他の章に書かれている。ここにあるのは、主観がたっぷり入ったその周辺の話でしかない。三月末の夕方、わずか十分の待ち合わせに詰め込まれたなにかが、ぱあっと開かれる。「こんな村では、醜い紙は漉かうとしても漉けない」と彼に言わせたその瞬間が、なによりも美しい。

消印のない手紙

手紙にはさまざまな位相がある。公開を前提とするものとあくまで私的なもの。心をこめて書き綴ったものと、なかば儀礼的な含みをもたせたいくぶん堅苦しいもの。たった一通の手紙が受け取った人を救う事例もあれば、ながくやりとりをつづけたのちに、やっと小さな理解の予感が芽生えるような展開もある。

しかし、これらの領域は、じつのところ、かなりの部分で重なり合っているのかもしれない。はじめのうちこそ感情の濃度の低かった硬い言葉が、時間と距離を克服しつつ行き来するうちしだいに揉みほぐされて、節度を守りながらも深い愛情のこもった表現へと変化していく。たがいの気持ちの推移と、読み書きに費やされた時間の堆積が、薄い便箋のなかの一行に命を与えるのだ。

双方の言葉がそうやって深められてゆく様を味わうために、私はときどき、往復書簡集と呼ばれる書物をひもとく。つまり印刷された手紙の束に触れるわけである。原則として日付順に編まれているから、苦しみや喜びを抱えて当事者たちが向き合っていた過去の時間を、読者もまた生き直すことができる。

そう、言葉だけでなく、時間を生き直すのである。興味深いのは、稀に日付の確定が困難な手紙も収録されていることだ。書かれた日と投函された日がずれれば、封筒に押された消印の日付もちがってくる。消印はいわば近似値にすぎないのだが、便箋の本文しか残されておらず、おまけに日付も記されていない書簡などは、内容から書かれた時期を推測するほかない。そして皮肉なことに、これら時のくびきから逃れた言葉がじつによかったりするのである。

当然だろう。書いたほうは想いを伝えたくて一語一語を真剣に刻んでいる。文末に日付など記す余裕はない。受け取ったほうも自然な流れとしてそれに反応する。何度も読み返したくなる言葉、開けば何度でも読み返しうる、船にとっての港に相当するような言葉がそこにあるからだ。

執筆時期不詳と記すのは、正確を期す編者には辛いことだし、読み手の側も消化不良になる。なぜ消印のある封筒を保管してくれなかったのかと、受け取った人の不注意やずさんさを難じたくもなるだろう。けれど、自分だけに向けられた相手の言葉を大事に大事に読んだからこそ、容れ物をどこかに紛れさせてしまったという可能性も否定できないのではないか。

だから、未読の往復書簡集を開く機会に恵まれると、私はまず消印不明の手紙を探す。まるで失われたこの時間の裏側にこそ、偽りのない言葉があるとでも言うかのように。

棒で結ばれた心

あいかた、というひらがな四文字を漢字で書こうとして、ふと鉛筆を持つ手が止まった。これまでなんの気なしに採用してきた表記が正しいかどうか、わからなくなってしまったからだ。出先でも家でも、私はまず原稿用紙に文字を書きつける。筆記用具の主役は鉛筆で、ほかにコンビニでも入手できる二つ折りの安価な原稿用紙と消しゴム、それから鉛筆削りと小型の国語辞典があれば、仕事の前段階を済ませる装備として不足はない。

書きあがると、それを電子データに移し替える。ファクスで手書き原稿を送っても、編集者か専属の係が「打ち込み」をしてくれるのだから、そのために必要な時間を考慮して早めに手直しを諦めるより、ひと手間かけて浄書したほうが誤りも少なくなる。インターネットとは無縁の、ワープロソフトしか入っていない執筆専用のパソコンで字数を整え、それをフロッピィかメモリスティックで送信用の機種に移す。面倒な話だが、書いているあいだはやはり外部との関係を断ち切ってひとりでいたい。これらの文具は、だから大切な仕事の仲間であり、孤独のなかの「あいかた」なのだ。

　話を戻すと、私はこれまで「あいかた」を「相方」と記し、相手役を務めてくれる存在という意味を拡大して、右のごとく「仲間」に近い感覚で口にしてきた。しかし、この音には「相肩」の二文字を当てることもできる。労苦を共にする意味なら、むしろそのほうが正しいだろう。「相肩」とは要するになにかを担ぐときの相手であり、肩をひとつ提供してくれる人のこと。担ぐための道具は、もちろんながい棒だ。駕籠《かご》をかつぐ「相肩」こそ、棒で結ばれた正真正銘の「相棒」なのである。

　雨の日も風の日も、命ある重い荷をいっしょに担ぎ、ひたすら走る。一本の棒が彼らふたりの肩だけでなく心もつなぎ、あいだに吊られた他者の心をもつなぐ。「相方」よりもずっと強い語感になるのは、濁点が入っているからではなくて、こちらのほうが真のパートナーを示す言葉だからではないだろうか。

重ねない慎み

包むとは端的に言って「外側から覆う」ことである。内側になにがあるかを把握していてもいなくても、外部を覆ってしまえば内部を最初から見なかったことにできる。国語辞典でよく挙げられている「本を風呂敷に包む」といった例は、入れるべきものがはっきりしている状態での措置であり、「お祝に一万円を包む」といった場合も、行為より気持ちのほうに少し比重がかかるとはいえ、くるんで見えなくしてしまう点では大差ない。要は隠すことになるのだ。

隠すまでの手順を重視するか、隠す行為じたいを言いあらわすかによって、印象はずいぶん異なる。包み隠さずものを言うときの「包み」が動詞であると同時に「隠す」ことをよりやわらかく「包んで」いるようにも感じられるのは、「慎む」と記して「ツツム」と読む古語の語義を見れば納得できるだろう。なにかの下に入れたりその上に載せたり、あるいは挟んだり箱に入れたりと、隠し方はいくらでもある。

包むの一語がこの隠蔽工作をどのように緩和するか、それをきちんと意識している者には、言葉そのものの「包み方」も変わってくる。一枚、二枚、三枚と層を積んでいけば、「包む」よりも「重ねる」に近くなる。「包む」とは、「重ねる」に移行する手前で、隠すことの美しさとやさしさを壊さずに日々を過ごすための秤なのだ。「包む」という音の軽さと、ちょっとつっかえるような「ツ」の躓きは、包みの層をせいぜい二重までに留めている。幾重にもくるんだら、中身を隠そうとしているのではないかと疑われてしまうだろう。

菓子折でも着物でも、包むことの慎ましさを表現するには、一重二重という「薄さ」が必要になる。「包む」を心の機微に結びつけたときに生まれる「慎み」はけっして厚くない。心情を包むには、薄くて同時に中を見せず、見せずして悟らせる間が不可欠であり、透明でもそうでなくてもだめなのである。お洒落なお店で、「包む」がきらびやかな「ラッピング」の前に居場所をなくしているのを目にすると、隠すのではなく蓋を取られ、中身をさらけ出したような後ろめたさを感じる。やはり慎みなくしては、なにも包むことはできないのだ。物でも、そして言葉でも。

貼って剝がしてまた貼ること

十七歳というのは世間的に大変意味深い年齢であるらしい。一九六四年一月初頭の生まれなので、その意味の内実を味わいうる期間はほぼ一九八一年のあいだになるわけだが、正直なところ卓球をやったり音楽を聴いたりする以外は真面目な受験生の顔をしていたから、日々の細部はよく覚えていない。私はむかしから記憶の粒を均してしまう平坦な時の流れをあまり苦にしないほうで、均したと思っていたところに微妙な突起があることに気づきはじめたのは、ものを書くようになってからのことである。それでも過去はつねに後づけで意味をなす。現在との乖離を埋めるのは容易ではない。

たとえば南沙織の「17才」を聴いたとき私は七歳で、指標となる年は遠い未来に属していた。ジャニス・イアンの「17才の頃」を来日記念盤のLPで聴いたのは一九七七年で、到達点に近づいていたとはいえまだ四年の猶予があった。大江健三郎の「セヴンティーン」を読み、ランボーの「ロマン」を知ったのは恥ずかしながら大学に入ってからのことだから、十七歳はつねに未来か過去に属していて、いつのまにかはじまり、いつのまにか終わっているものだったのである。ランボーが「十七歳ともなれば、まじめ一筋ではいられない」*と書いたのは十五歳のときだが、二年の背伸びの凄みも二十歳を過ぎたら完全に虚構になってしまう。

はっきり覚えている事柄もある。夏休みの終わり頃、新聞で『吉里吉里人』という新刊の広告を見て興味を抱き、町の小さな本屋をのぞきに行った。幸い一冊入荷していたのだが予想を上まわる厚みがあり、これではとても読みきれない、少し様子を見たほうがいいと判断して家に帰った。ラジオのスイッチを入れると、定時のニュースで旅客機の墜落事故が報じられていた。乗客は全員死亡。作家の向田邦子が乗っていたという。前年に直木賞を受賞したばかりだったから扱いは大きかった。『吉里吉里人』の保留はそこで確実になり、以後は向田邦子一色になった。「時間ですよ」や「寺内貫太郎一家」で育った子どもが、十七歳にして『思い出トランプ』を手にしたわけである。

なぜだかわからないのだが、一読して、この作家は言葉の日々を成り立たせるために、自分に対してとても無理をしているという気がした。していたではなく、しているという現在形である。書き手が消えたあとも、むしろあとだからこそ、言葉と言葉のあいだに過呼吸の徴が見えた。彼女は物語とは異なる層に隠れた負の情景を剝がしてべつのところに貼り、人に迷惑をかけまいとしてまたそれを剝がし、ふたたびしかるべき場所に貼り直す。その操作の反復と文章の流れに奇妙なずれがあった。むろんこれは現在の私が十七歳の私の感覚に、もっともらしい表現を与えているにすぎない。しかし小説の内容以上に、見えない息苦しさを見えるものにしているカードマジックを通して、書くことにおける大事な要素を教えられもしたのだった。あのとき『吉里吉里人』を購入し、東北の小独立国の世界に没頭していたら、そんな気持ちにはならなかったにちがいない。

それで思い出すのは、貼って剝がしてまた貼れるという黄色い正方形の特殊な接着剤を用いた付箋が、その前後に売り出されたことだ。文字を記せば付箋ではなくメモになる。当時FM放送を録音するために使っていたカセットテープに、いまもその名をとどめるスコッチというブランドがあって、新型の付箋とそのテープはおなじ会社が製造していた。自由に剝がして貼り直せるなら、録音テープを上書きするとき元のレーベルを捨てずに変更内容を記入できる。見た目の分量に比してずいぶん高価だったのだが、迷わず買い求めた。

忘れて、覚え直して、また忘れる。あるいは、忘れていないのに上書きするための道具として、このポスト・イットなる商品は劃期《かっき》をなすかもしれない。十七歳の私はそう思ってわくわくした。剝がして貼り直すという特徴が記憶の本質と相容れないことにまだ気づいていなかったのである。記憶の入れ替えや差し替えは、自分の手でおこなうのではなく、それが「なされる」まで他力を待たなければならないはずなのに。

ポスト・イットはその後、完全に市民権を得た。私も愛用しているのだが、使えば使うほど、忘れてはならないという備忘の圧力に負けて記憶が崩壊していく。これとこれを忘れないよう目に付くところに貼っておく、そこに落とし穴があるのだ。たぶんこの《十七歳の私》も、真の記憶とはちがって、貼り直され、剝がされ、また貼り直された、つねに当座でありつづける存在にすぎないだろう。

＊アルチュール・ランボー「ロマン」『ランボー詩集』宇佐美斉訳、ちくま文庫、一九九六年

なんと言ったらいいのか

このコラムのようにお題を与えられたものであれ、枚数制限だけあってあとはこちらの自由裁量にまかされたものであれ、最初の一語を記すまで私はなにを書こうとしているのかまったくわかっていない。それどころか、かなり語数を費やした段階でもなお、なにを言い、どこへ行こうとしているのかが茫漠としたままである。

論文やエッセイの指南書を開くと、テーマに見合うキーワードを書き出したり、序論・本論・結論の三部構成にしたり、本論の部分もまた入れ子状に同様の展開部をもうけたりするのがよいなどと、あれこれ有益な指摘がなされているのだが、納得はしてもそれを実践できるかどうかはまた別問題である。かつて学術論文の枠で文章を書かされて苦労したのは、基礎のなかの基礎ともいうべきこの論の運び方を身体的に受け入れることができなかったからだ。表面上は対応していても心の底で拒否しているためか、書くことを楽しんでいない自分が前面に出てしまうのである。

そんなわけで私は、一般的には冗長とされるだろう表現をわざわざ使う。「なんと言ったらいいのか」というあのじつに便利な文言だ。流れを止め、止まっているわずかなあいだにつぎの言葉を探す。これが功を奏し、思考をつないでいく細い紐が見つかったなら、紐だけを残してその前段は消しておくべきだろう。しかし私にはそれもできない。「なんと言ったらいいのか」と書き付け、しかるのちに筆を休めるという連続性こそが重要なので、その接合部を取り外すわけにはいかないのである。一度書き付けたら、とにかくそれを踏んで前に進むことしかできないのだ。

人前で話をするときも、ほぼこれと似た状況に陥る。書こうとしている文章の内容と原稿の枚数や媒体が本質的に無関係であるのと同様に、聴衆の数や話をしている場所は問題にならない。大学の教室でも、トークショーなる催しの会場でも、打ち合わせをする喫茶店でも、家族と言葉をかわす自宅の居間でも、なにを話すかは最初のひとことでいかようにも変わってしまう。焦りと恥ずかしさゆえに高速で滑っていく言葉たちのために、サービスエリアをいくつも用意しておかなければならない。かくて私の口癖は、「なんと言ったらいいのか」ということになる。

ただし、そういう裏の事情を知っているのは本人だけで、多くの場合、相手は気を遣ってじつに好意的な深読みをしてくれる。言葉が出てこないのは頭のなかが空っぽだからであるという最もわかりやすい解答を排除して、「なんと言ったらいいのか、適切と思われる表現がいくつも思い浮かぶので、すぐには選べないのです」といったふうに読み替えてくれるらしいのだ。まこと世間はやさしい。ありがたい。なんと言ったらいいのか、ほんとうによくわからないけれど。

ただそれだけを見つめている

組織としての責任を負うと見なされている人々が、折り畳み式になっている横長の事務机のまえにずらりとならんで、いっせいに頭を下げる。フラッシュが焚《た》かれ、頭頂部が白く光り、一、二秒後にまた顔が見えてすべて終了となる場合もあれば、あらためてみな腰を下ろし、不穏な質問に答える場合もある。見なれた光景だ。子どもの頃から、なにか事件や事故があるたびに、スイッチのオンとオフで動くこれら自動人形の姿を繰り返し目にしてきた。彼らだけが悪いのではなく、そのような事態に立ち至るまでにかかわってきた者みなに非があることは容易に想像できた。しかし、最終段階で姿をあらわす人間の挙措によって、終わるはずのことが終わらなくなり、はじまるはずのことがはじまらなくなるという厳然たる事実を見せつけられたのである。

公式の釈明を求められる場で発せられた言葉は、本人たちの気持ちがどうあれ、総じて薄く、平たく、冷たい。仕方のない面もある。限られた時間内の限られた語彙で情理を尽くした表現をするなんて、よほどの名優でなければ不可能だろうし、かりにそういう職業に就いている者がやったとしても、見る側はそれが文字通りの演技かもしれないという疑念を振り払うことができないからだ。彼らにも豊かな内面は備わっているだろうけれど、それらを外に出すときのふるまいに欠損があれば、伝わるべき事柄も伝わらなくなってしまう。四十年近く見つづけてきた横一列のお辞儀シンクロ劇や血の通わない答弁の印象が、悪い領域に留まったまま変わらないことに私はいらだつ。ものごとを否定的にしか受け取れない自分に対するいらだちをはるかに上まわるやりきれなさを感じる。

この一カ月ほど、テレビ画面のなかで、あるいは新聞の一面のカラー写真のなかで頭を下げたりなにやら報告をしたりしている人々の姿に触れるたびに思い出したのは、ブレヒトの断章集『コイナさん談義』(長谷川四郎訳)だった。「賢者の賢はその態度にあり」と題されている冒頭の一篇は、こんな話だ。ある哲学教授がコイナさんを訪ねて、みずからの賢明さについて語った。聞き終えたコイナさんは彼に言った。「きみはぎごちなく坐り、ぎごちなく話し、ぎごちなく考えますな」。すると哲学教授は、自分が知りたいのは、自分自身のことではなく、話した内容についてであると怒った。しかしコイナさんは、「それにはなんの内容もありませんね」と切り捨てる。

——きみの歩きぶりをみていると、どたどたと不器用ですものね。きみがあるくのを、わたしがみているあいだ、きみはなんらきみのめざすところに到達していませんよ。きみの話し方はうす暗くて、話しているあいだに、なんらの明るさも生みだしていません。きみの態度をみていると、わたしはきみの目標に興味をおぼえないのです。

二人称の無造作な反復は、長谷川四郎の翻訳によく見られる特徴だ。「ぎごちない」このリズムがひとつの「態度」として訳文の魅力になっている。『コイナさん談義』は一九二九年末から不定期に発表されてきた散文集で、亡命前、そして第二次世界大戦後にまとめて書き溜められたたぶんが外に出て、ブレヒトの死後、一九五七年に残りが遺稿として公開されている。著者自身の言葉に従うなら、これは「身振りを言葉で引用できるものにする試み」である。のちに長谷川四郎は、おなじくブレヒトの

『転換の書　メ・ティ』をめぐる随想を『中国服のブレヒト』（みすず書房、一九七三年）にまとめ、架空の賢人コイナさんの裡に墨子の影を追っていくことになるのだが、『転換の書』編者の注記によると、ブレヒトは《「態度学」についての小さな本》を構想して、一九三四年からその趣旨にあう文章を集めていたという。じっさい、『コイナさん談義』の成立に間があいているのは、ブレヒトがコイナさんの分身でもあるメ・ティへの関心を深めていたからだとも言われている。

たとえば『中国服のブレヒト』にも引かれている「態度について」と題された断章は、メ・ティの一節だと言ってもおかしくないものだろう。コイナさんは言う。「知恵は態度の結果である」と。知恵が先にあって、それが態度を生むのではなく、その逆なのだ。さらに彼はつづける。

わたしがいっているのは、態度が行為をうみだすということですが、これはそうありたいものです。しかしそうなるためには、あなたたちは緊急事態をととのえなくてはなりません。

態度は行動をつくりだす。極論すれば、発言内容がやや時代遅れでそのまま受け取るのが困難になっていたとしても、態度を見て納得できればそれが後の行動につながり、知恵を生み出すということだ。コイナさんによれば「態度は行動様式よりも長続きする」のであり、「態度は緊急事態に対立し、それに耐えるもの」なのである。知恵は知識ではない。とりわけ未曾有の緊急事態においては、その先に知恵の存在を予感させる「態度」を示すことこそ重要なのだ。

テレビのなかでまただれかが喋っている。彼もしくは彼らは賢人なのかそうでないのか。言葉は聞かない。どうせ彼らの言葉ではないのだから。挙措を、ふるまいを、態度を、私は見つめる。ただそれだけを見つめている。

†ベルトルト・ブレヒト『コイナさん談議』『ブレヒトの小説――ベルトルト・ブレヒトの仕事5』河出書房新社、一九七二年

見なければならないもの

単語を連ねて文章をつくり、文章を連ねて後戻りできない流れを生み出す。私の書き方はいつもそんなふうに足し算からなっていて、分岐点での経路の選択も感覚に任せているので、最終的にどこにたどりつくのかがわからない。書いているあいだじゅう全身に浴びていた微かな言葉の風圧がふと途切れたとき、そこまでの文章の積み重ねの過程が、便宜上、作品と呼ばれるだけのことである。だからジャンル分けに対しては、ずっと距離をとってきた。

小説、批評、随想といった枠を最初から定めず、右往左往しながらも前に進み、全体像を把握しないまま言葉を埋めていくことでできあがる作品を私は「散文」と呼んでいるのだが、文字どおり味気ない散文的な言葉の運動を貫けという意味でもある。

しかしこれはべつだん私の特許ではない。くっきりした輪郭を持たないものの滋味あふれる「散文」の書き手は過去にいくらでもいた。簡単に説明できる筋や切れ味のよい結末などなくても、静かに息を吸い、細く息を吐きつづけているうち、ひとつの世界がふっとあらわれ、また消える。同時に、このはかない世界を支えている現実の固い手応えが感じられる。抽象的な語りに入り込んでいけばいくほど、これまでの自分の考え方、生き方、立ち方があぶりだされてくるのだ。恐ろしいことである。そしてこの恐ろしさこそが「散文」の裏地であるようにも思う。

一九三六年、広津和郎《ひろつかずお》は「散文精神」について語り、それを「アンチ文化の跳梁に対して音を上げず、何処までも忍耐して、執念深く生き通して行こうという精神」だと定義している。

じっと我慢して冷静に、見なければならないものは決して見のがさずに、そして見なければならないものに慴《おび》えたり、戦慄したり、眼を蔽うたりしないで、何処までもそれを見つめながら、堪《こら》え堪えて生きて行こうという精神。

ぼんやり言葉を連ねているだけではとてもこのような「精神」には到達できないだ

ろうけれど、「見なければならないものは決して見のがさずに」いるには、固定された目標に向かって足を運ぶだけではなく、寄り道をしたり立ち止まったりして心の下半身を軽くしておかなければならない。先を急がないのは、むしろ言うべきことを言うためなのである。

こういう眼をもって、広津和郎は戦時の思想統制に抗い、戦後は松川事件という大きな冤罪《えんざい》を追った。しかし新元号のいま、私のようにふらふらした散策的な文章としての散文に左右される者にも、あまりにあからさまなまつりごとの詐術が見える。散文精神を不要にし、「じっと我慢して冷静に」なる必要もないかのような状況でこそ、呼吸の仕方を学び直さなければならない。

†広津和郎「散文精神について（講演メモ）」『広津和郎全集』第九巻、中央公論社、一九七四年

三本のオレンジの木

傾いた首を傾いたままの機体にあわせて、下方へ遠ざかっていく農地を眺める。楕円の窓の向こうの世界には風も匂いもない。激しいエンジン音に飲まれていっさいが奇妙な沈黙のジオラマと化し、零下何十度の冷気さえ虚構となった気密室の住人の眼には、もはや軽やかな厚みのある白い雲海の上しか映らなくなっている。

澄み切った光と闇。さえぎるもののない天空の、さらにその上方の成層圏の彼方にあるなにかが、かすかに明滅する。地上を飛び立ってからわずか数分で宙に浮かぶ雲の海を突き出てしまう技術を手にした私たちは、瞬く存在との対話の質を変えてしまった。不可視の電波を巨大な鉄の傘で追い、零と一からなる情報に転換したうえで、読むのでも語りかけるのでもなく解析するようになった。途方もなく遠い事象を把捉するためには、数字と記号に転換できる所与こそが重要なのだと言いつのり、そこからこぼれ落ちた濁りのある言葉を受け入れなくなったのである。

二十世紀初頭のある日、初期の不安定な飛行機ではじめての航路を飛ぶことを命じられ、どこをどうたどればいいのかと助言を求めた仏国の若い飛行士に、経験豊富な先達は、雲上の羅針盤ではなく下界を目視することの意味を語った。地図上の記号よりも、分岐点となる山腹の畑地に沿って立つ三本のオレンジの木々を、闇の中の農家の灯りを、つまりは人肌を残す風景を見失わないことが大切なのだと。

下界を無視して虚空を見あげることに意味はない。言葉を作ることに「詐」の側面があるとしても、見えない山頂との衝突の危険を意識しつつ眺めたとき、雲の海は記号であることをやめるのだ。いまこの星の壊れかけた世界を取り戻すためには、既製概念の地図に具体的な言葉をひとつひとつ描き込まなければならない。たとえそれが、闇の訪れとともにたちまち見えなくなる、頼りないオレンジの木のごときものであったとしても。

IV

「いいおぢいさんでした」　吉田秀和追悼

遺稿となった『レコード芸術』の連載のなかで、吉田秀和は「だから私はハイフェッツの晩年しか知らない。だから、正直なところ、彼を語る資格はあんまりない」（二〇一二年七月号）と書いた。《「ある絶対的なもの」のために――ハイフェッツとホロヴィッツ》と題されたこの一文から伝わってくる声には、全面的な負の影こそないものの、どこか深いところから沁みだしてくる疲れの兆しが見える。ながい散歩の終わりに近づいたあたりで、少し休憩しようかと腰を下ろす場所を探しているときの、まだ先があることをいささかも疑わない気持ちと、あらためて腰をあげるまでどれだけ休みの時間を要するかについてはひとまず考えないことにしておこうという前向きの不安が相半ばしている。近接するふたつの文章のこれほど近い位置に「だから」を置かざるをえなかった吉田さんの顔に浮かんでいた表情をぼんやり想像することはできても、私はまだそれをしっかりした言葉にできない。

中学生のころＦＭ放送を通じてその声と名前を知り、やがて雑誌の記事や著作を追う読者となった私に、生身の吉田さんと幾度も言葉を交わす機会が訪れるなんて夢にも想っていなかった。はじめてお会いしたのは、二〇〇五年七月半ばのことである。一九一三年九月生まれの吉田さんはこのとき九十一歳。二〇〇三年に奥様を亡くされたあと中断していた執筆活動を、本格的に再開できるかどうか慎重に見きわめようとしているちょうど谷間の時期にあたっていた。初対面の挨拶のときから、吉田さんはこちらがなにを言ってもまっすぐに受け止め、まっすぐに答えを返してくれるやさしい翁のような人であり、同時に、だれよりも若々しい頭脳で言葉の匕首《あいくち》をすっと向けてくるまぎれもない現役の批評家だった。むかしから行き来があった方々や音楽関係の方々が抱いている吉田さんのイメージと、私が知り得た九十代の吉田さんとのあいだには、もしかすると重ならない部分があるかもしれない。「だから、正直なところ、彼を語る資格はあんまりない」という遺稿の一節は、その意味でも重い。あんまりどころか、私には吉田さんのことを語る資格などまったくないと言っていいくらいである。できるとしたら、心に残っている吉田さんの言葉のほんの一部を、ここに書き留めておくことしかない。

その日、吉田さんは、たっぷりした黒のズボンにぱりっと糊のきいた白い綿シャツを着て、グレーのカーディガンを軽く羽織っていた。袖は通さず襟元で結び、年季の入った愛らしい黒革の鞄が肩から掛かっている。どれもよく似合った。玄関口で挨拶を済ませると、まずは昼食をご一緒するため狭い道路の端からタクシーに乗って海辺のレストランに向かったのだが、給仕が本日のおすすめ料理を挙げると、「ぼくは、マグロはだめ」と吉田さんは静かに断り、他になにがあるか説明を求めたうえで、メカジキのソテーを選んだ。そして同席者がひととおり注文を済ませ、ご自身をふくめてひとりもアルコールを頼まなかった涼やかなテーブルを見渡してから、吉田さんは私に言った。

「二十歳までは、食べられたんだけれど、急におかしくなって、自家中毒を起こすようになった。だから、人生の大きなたのしみを、ふたつもぼくは奪われている。マグロが食べられないと言ったら、中原に馬鹿にされてね、おまえみたいに血筋からして殿様みたいなやつは、赤身が食べられないんだって」

まだたいして話もしておらず、一皿も供されていない段階でいきなり発せられた

「中原」の一語に、身体がいくらかこわばるのを感じた。長年の読者だからもちろん察してはいたけれど、吉田さんがふだんどんな話し方をされて、どんな話題を持ち出されるのかは知らなかったから、中原というのは中也さんのことですかと恥をしのんで確認したところ、吉田さんは、そう、と当たり前のように応えた。私を驚かせたのは、「中原」という名に込められた独特の抑揚、いや、なんとも形容しがたい陰翳である。強烈な懐かしさと、それをただの懐かしさに終わらせない生々しい緊張感もたたえた語調。この日から亡くなられるまでの七年ほどのあいだ、間を置いてお会いするたびに、吉田さんはおなじ口調で「中原」の話をされた。少なくとも私の前で、吉田さんは中原中也のことを、数多い中原のうちのだれという前置きなどいっさいなしに「中原」と呼び捨てにした。「中原中也」でも「中也」でもなく、吉田さんのなかでは「中原」でしかなかったのである。七十年近く前に死んだはずの男が、まるでつい昨日、一昨日まで生きていて、親しく話をしていたかのように。あるいは現在もなお生きていて、以前とかわらず行き来をしているかのように。

　まったくの偶然だが、私はその前の晩、『中原中也研究』（第10号）の求めで、中也について小さな文章*を書きあげたばかりだった。そのことをちらりと申しあげて、内容までは説明しないまま、吉田さんが中原中也とフランス語を勉強なさったとき、お使いになっていた辞書はどういうものでしたか、と尋ねてみた。中也の詩や訳詩のなかに、時々、仏和辞典もしくは仏仏辞典の語義説明を連想させるものがあるんです、と言い添えて。

「仏仏辞典ではないね」吉田さんは即答した。「仏和辞典でした。大きなのだった」

「『模範佛和大辞典』ですか？」

「それだね」

白水社の『模範佛和大辞典』は、岸田國士がアルバイトで原稿を書いていた豊かな語釈で知られているものだ。編者のひとりは『星の王子さま』の訳者、内藤濯だった。

「中原にフランス語を教わったのは、一年くらいかな。最初、パスカルとボードレール、どっちがいいかと言うので、ボードレールを選んだんだ。そのうち、むこうが飽きちゃってねえ。もう止めるというんだよ。せっかくなら散文詩を読みたかった、と言ったら、『プティ・ポエム・アン・プローズ』の、素晴らしい雲、あれの出てくるのを、読んでくれた」

「パスカルも原典で読まれたんですか？」

「それしかなかったから。もちろんむかしの綴り字じゃない。いまの綴り字だった」

パスカルの翻訳は大正時代からなされているので、「それしかなかった」という吉田さんの記憶は翻訳文学史的には正確ではないかもしれないけれど、この折の話は、「私は、中原中也の弟子だったわけではない」とはじまる「中原中也のこと」の記述をすぐに思い出させた。吉田さんはあのなんともいえない哀切な、それでいて「中原」ではなく「中原をいつまでも想う自分」を突き放そうとするような一文のなかで、「何億という人間の中には「この宇宙の中で人間が生きてる」という——簡単といえば簡単な事実について、ある意味を、突然、私たちが日常生活ではあまり経験しないような形で、啓示できる人間がいる」と書いている。そういう人間を「詩人」と呼ぶとしたら中原中也はまさに詩人であり、その詩人に吉田さんが出会ったのは昭和五年のことである。押しかけるようにして居候させてもらっていた阿部六郎の家に、「少し嗄れて低」い声の男が訪ねてきたのだった。

背が低く、角ばった顔。ことに顎が小さいのが目についた。色白の皮膚には、ニキビの跡の凸凹がたくさんあったが、そのくせ脂っこいどころか、妙にカサカサして艶がわるかった。ぎょろっとした目は黒くて、よく光った。私はそれをみんな一目でみたわけではない。これは、その後の印象のいくつかを足したものだ。

（「中原中也のこと」『吉田秀和全集』第十巻、白水社、一九七五年）

吉田さんの「思い出し方」はとても慎重である。最初の印象だけで書くのではなく、その後の印象のいくつかを足した平均値を更新していくふうなのだ。積み重ねのいちばん下にあるのがこの日の中也の、「低いが優しい口のきき方と、私のいうことを、そのまま正直に、まっすぐうけとろうという態度」だった。こうした記憶の堆積の処理は演奏会評にも通じているのだが、それはひとまず措く。先に触れたとおり、吉田さんの「中原」に込められた語調には、自分が幼いころ五、六歳年上の友だちを相手にしていたときのような憧れと思慕、にもかかわらず同格でしかありえないとの自負に支えられた不思議な距離感があった。そもそも相手は子どもと大人が、地球人と宇宙人がまじりあい、生きているのに死んでいて、自分自身の死を見ているような——、すぐそばにいながら遠いなにかを凝視し、「無限の前に腕を振る」（「盲目の秋」）というたったような男なのだから、間の詰め方も距離の取り方も容易ではなかったと思われる。

代々木山谷にあった中也の下宿で、十七歳の吉田さんは小林秀雄訳のランボー『地獄の季節』を読み、衝撃を受けて、外語大生だった中也のもとでフランス語を学びはじめる。「中原中也のこと」によれば、ふたりはまず暁星中学のリーダーを読み、ボードレールの『悪の華』を読んだという。吉田さんは前年のドイツ語学習の経験を生かして、夏休みの帰省前に外語大の夏期講習に登録し、集中的にフランス語の文法を習得した。そして小樽に帰っているとき、「中原」が葉書で「ボードレールは暑くるしくってかなわない。九月からはパスカルにする」と言ってきたので、札幌の丸善で『パンセ』を買って準備をはじめたのだが、秋になってまもなくレッスンは中止になった。この記述からは、ふたりでパスカルを読んだかどうかを断定することができない。やると言っておいて結局やらなかったとも受け取れるからだ。あるいはほんのさわりだけ読んで止めてしまった可能性もある。

吉田邸を訪れた前日に書いた拙文のなかで、私は中也の『日記』に出てくるフランス語の引用文の《神》の一語に導かれて、それがパスカルの原文をもとに改変した落合太郎の文法書の例文であることを示したのだが、実際のところ『日記』には二十世紀の綴り字に直されたパスカルの引用は見当たらない。後日、掲載誌を一部お持ちしたところ、しばらくして「あれは、よいものでした」と言ってくださったので、中也とは本格的に読んではいなかったかもしれないという当方のほのめかしもそれほど的を外していなかったのだろう。

中也はフランスの詩を読むために真剣に語学と向き合っていたが、当時の習熟度を見るかぎり、吉田少年を生徒にしていた時点での実力はあまり高くなくて、俗に言う語学力の面ではすでにドイツ語を習得していた教え子のほうが長けていたとも考えられる。だからこそ、「いわゆる勉強」だけではとうてい届かない地平で苦もなく詩心を押さえてしまう男に、吉田さんは怖れと魅力を感じていたのではないだろうか。東大仏文に提出した吉田さんの卒業論文の主題はパスカルだった。結果としてこれは、「中原」のまなざしの間接的な影響だったとも言えるだろう。中也の目に射貫かれた経験を吉田さんは語っているけれど(「音楽展望」二〇〇八年三月二十日付)、その目はずっとのちまで、ことあるごとにあらわれるようだった——赤身の魚を食べるか食べないか、というごく散文的な場面においてさえも。

ふたりでどこへ行き、どんな話をしたのか。それは問われればどんどん出てくるたぐいのものではなく、なにかに正しく触れたとき自発的に湧き出てくる記憶であるように感じられた。だから私は活字にすることを前提とした対談以外の場で、あれこれ尋ねることはしなかった。すべて流れに任せて、声だけに耳を傾けていた。質問するかたちになったのは、最初の日のレストランでのひとことだけである。

何度目の会食の折だったか、移動中のタクシーのなかで、初学者の頃どんな本をフランス語で読んだかと訊かれたことがある。私は正直に、文学に限定せず古本屋で安価に入手できたものをただ順番に読んでいったことを告白した。カミュのあとにシムノン、そのあとに料理や美術関係の本。たとえばペーパーバックになっていたエリー・フォールの美術史が好きでしたと応えると、吉田さんは広いつばのある帽子の下のやや白濁した瞳をゆっくりとこちらに向けた。私たちは後部座席に隣り合って座っていた。私が右、吉田さんが左。車は海沿いの、日曜日で渋滞気味の狭い道路を這うようにのろのろと走っていた。

「その、エリー・フォールの話を、中原と聴きに行きました」

「中也といっしょに？」

「そ。いっしょに、行った」

「いつのお話ですか」

「さあ、いつだったかな。中原が、どうしても行く、おまえもついて来いというから、学校休んでね。朝日講堂っていう、新聞社のホールがあって、そこへ行ったな」

「どんな感じでしたか」

私は中也とフォールの双方の印象を、あいまいな言い方で尋ねた。吉田さんは後者を引き取って応えた。

「うん、あんまり、面白くはなかった。でもフォールは、気のいいおじさんでした」

あとで調べて見たら、たしかに中也は一九三一年九月二十三日の安原喜弘宛の書簡のなかでその講演会に出かけたことを報告していた。ただし、吉田さんといっしょだったとは書かれていない。この時期ふたりはよく会っていたようで、のちに私は、新宿の武蔵野館で《嘆きの天使》や《巴里の屋根の下》をいっしょに観たという歴史的な逸話を知ったが（「音楽展望」二〇〇八年十月二十三日付。日本公開はいずれも一九三一年五月）、吉田さんの著作のなかにエリー・フォールについての言及はなかったと思う。ただ、きわめて興味深いことに、中也の手紙には、講演者を評して「いいおぢいさんでした」という一節があるのだ。「気のいいおじさんでした」と応じた吉田さんの言葉が、私のなかでそれと重なる。語句の近似は偶然なのか、そうでないのか。フォールは一八七三年生まれだから、来日時は五十八歳である。「おじさん」か「おぢいさん」か、当時のふたりの年齢からすれば微妙なところだろう。講演を聴いたあとであれこれ感想を言い合っているうちに、共通の表現を見出したのかもしれない。いっしょに歌でもうたっているように。

音楽、とくに歌のことになると、「中原」の名はよく出てきた。すでに知っている話でも、ちょっとした言いまわしのちがいですべてが新しい光に照らされた。

「中原は、大岡や小林なんかとくらべても、いちばん音楽的だったよ。一穂さんや朔太郎なんかは、あんなのは小唄だって馬鹿にしていたけれどね。歌にならないようにするには、どうしたらいいかと格闘していたひとたちだから当然だけれども、中原はフランス語だってリエゾンしていたし、だみ声なりに、歌になっていた」

いま、鎌倉駅近くを散歩している最中に聞いた話の節まわしを、記憶を頼りに再生してみたのだが、「さん」づけが吉田一穂だけだったことを鮮明に覚えている。「フランス語だってリエゾンしていた」というくだりは、要するに中也の勉強が文法だけに留まらず、耳から入ってくる音に敏感だったことを意味するのだろうし、他の仲間たちにそのような音への配慮があまりなかったことを暗に言いたかったのかもしれない。声は、歌は、吉田さんにとって大きな意味を持っていた。ヴェルレーヌの詩を吟唱し、「朝の歌」を朗唱する「中原」の声については、「だみ声だけれど、耳がよくて、拍子はずれではなかったし、二オクターヴ声が出るといって自慢していた」と記しているし、「まったく独特な節廻しと声とで、詩を朗読してくれたりした」（「詩人の運命」）という書き方もされている。『永遠の故郷　夜』（集英社、二〇〇七年）では、中原の朗唱するColloque sentimentalについての、しみじみした述懐もなされるだろう。

声だけでなく音楽へのより深い踏み込みに際しても、吉田さんは中也の恩義を受けていた。「学校がだめなら個人教授を受ければいいじゃないか。諸井三郎のところに行くのもいいけど、あいつはこの頃モダニストになって少し浮かれているから、もう少し確実なところから勉強したほうがいいんじゃないか。諸井と一緒にスルヤをやっていた内海誓一郎のところに行って和声学を習ったらどうか」と言って「中原」が吉田さんを内海に引き合わせ、「こいつが音楽をやりたいというんで、ちょっと見てやってくれないか」と頼んだというエピソードも前掲の『レコード芸術』で披露されている。奔放な詩人として吉田少年を圧倒しつつ、音楽評論家の基礎となる楽理を勧め、十代の最も多感な時代に実際的な面でも力を貸してくれたのが「中原」だったのだ。大人と子どもが混在する詩人の孤独は、吉田さんの晩年になってより深いところで再解釈されるようになっていく。

彼は、時々、自分があたりの一切から切り離され、何の支えも拠りどころもなく、暗い闇《やみ》の中にほうり出されたような気がしたらしく、よく「エアポケットに陥《おち》込んだ飛行機みたいになった」といっていたが、そういってもまわりは誰もわからないし、第一、感じてもくれない。それどころか、煙ったがるばかりで、手をさしのべる人もいない。

(『新・音楽展望 1991－1993』朝日新聞社、一九九四年)

エアポケットを真空と言い換えるなら、当然 vide の一語が浮かんでくるだろう。中也が陥っていただれにも理解されない深い孤独感は、パスカルが神を前にして感じていた虚無を思わせると言っては大袈裟にすぎるけれど、この孤独の質に宗教的な要素がからんでいたことも私は吉田さんの口から聞いている。車で東慶寺のあたりを通ったときのこと、吉田さんは緑深い山のほうに眼をやり、大きな手で膝をぽん、すー、ぽん、すーと、さするのと叩くのをいっしょにおこなうような、リズミカルなしぐさを繰り返しながら、不意に、「中原」の、通夜にも行きました、とつぶやいて、こうつづけた。

「中原にとって、宗教の問題はとても大きかったね。阿部六郎さんの奥さんがカトリックで、阿部さんは、そうでなかった。だからいつも、ご主人が宗教を信じていないのにいっしょになっていいのか、どんなふうに解決するのかと、相手がいやがるくらいに、何度も何度もたずねていた。とくに息子を亡くしたときに、彼は神様が欲しかったんだよ」

鎌倉にいた頃の日記に登場するキリスト教関係の話題や天主公教会大町教会（現カトリック由比ガ浜教会）のことが頭を過ぎる。神を欲していた時期の中也の姿を、吉田さんは間近で見ていない。しかし、ごく初期の段階で詩人の苦しみの本質を見抜いていたのである。「私は中原の弟子ではなかった」という一文には、「弟子」などにはとうていなれるはずがないとの素直な思いも込められていたにちがいない。

それとはまったく比べようがないけれど、私も吉田さんの弟子ではない。なりたくてもなれるはずがない。ただ、若かった彼らがエリー・フォールについて述べたように、九十歳を超えてから言葉を交わす機会に恵まれた吉田秀和という人のことを、感謝と畏怖を込めて「いいおぢいさんでした」と言ったとしても、たぶん、ふ、ほ、ふ、とあの独特のあたたかい含み笑いで流してくださるだろうと思うのである。

*「梅雨時の図書館で神様を試してみた午後」『アイロンと朝の詩人——回送電車Ⅲ』所収。

水天宮のモーツァルト

画家や音楽家をめぐって言葉の深度を自在に調節しながら、全体としてはつねに前へと進んでいく軽快な批評的散文を得意とするフィリップ・ソレルスに、『神秘のモーツァルト』と題された作品がある。二〇〇一年に刊行されたこの一書を日本語にしてみないかと誘われたとき、私はたまたま異郷に滞在していて、与えられた時間をどう過ごしたらいいのかぼんやり考えているところだった。ソレルスとモーツァルトの組み合わせは和ではなく積であり、場合によってはその二乗になる。下手にあとを追えばたちまち息が切れてしまうだろう。真剣に悩んだ末、私はあえて呼吸困難の危険を選ぶことにした。

しかし予想どおり仕事は遅々として進まなかった。ソレルスは冒頭から前線に張ったまま小刻みな動きを繰り返し、訳者の守備をかいくぐって言葉を投げかける。それを受け取り損ねているうちあっという間に数年が過ぎて、気がつくとモーツァルト生誕二五〇年という記念すべき区切りがすぐそこに迫っていた。

私が吉田秀和さんとお会いする機会を得たのは、ソレルス＝モーツァルトの戯れの残像が少しずつ浮かびあがってきた二〇〇五年の夏のことである。仲介してくださったのは担当編集者のSさんで、そこには妻のバルバラさんを亡くされてから書く仕事を中断しておられた吉田さんの、けれど衰えることのない明晰な語りに耳を傾けることが若輩の励みとなり、こちらの心が上向きになれば吉田さんにも笑みがひとつ増えるかもしれないというやさしい思惑があったようだ。事実、吉田さんは未知の書き手の本にあらかじめ目を通して、十代の頃からFM放送で親しんできた、あのぶっきらぼうでちょっとだけべらんめえの、それでいて女性的なやわらかさのある声であたたかい感想を述べられ、難渋している翻訳についても萎縮せず先へ進むよう促してくださったのである。

「モーツァルトはね、もうわかってもらえないことを、わかってたと思う。途中で、もういいや、と思ったんじゃないかしら。父親からも、ちゃんと売れるようにしなさいって言われて努力している節がある。曲を書いていても、ああこの辺でブラックホールに入ってしまいそうだ、調子はずれに走ってしまいそうだっていうところを、我慢して、転調させずに、押さえている」

作中でソレルスが好き放題に引用しているモーツァルトの書簡には諦念と屈折がいっぱい詰まっている、訳すのであればその部分もきちんと表現すべきだという遠まわしの教えでもあった。だれもが理解できる平易な言葉で高度な課題をさりげなく出されるのだから、こちらはもう黙って腹をくくるほかなかった。一方で、いま耳に入って来たのが話し言葉なのか書き言葉なのかがわからないじつに特徴的な吉田秀和の文体であることに、私は心地よいめまいを感じてもいた。ソレルスの本をなんとか訳し終えることができたのは、このときの吉田さんの励ましがあったからである。

その後も幾度か鎌倉のお宅にお邪魔する機会があった。吉田さんは近々の出来事について鋭い批評を口にしながら、親しかった人々の思い出を語ってやまなかった。文学史上の人物が、ときには呼び捨てで、ときにはさんづけで、昨日会った共通の知人であるかのように目の前にあらわれる。そのなかのひとりに、伊藤整がいた。東京日本橋生まれの吉田さんは十代の一時期を小樽で過ごし、まだ二十歳そこそこの、作家になる前の伊藤整に英語を習っていたのである。

私事だが、先日、この作家の名を冠した賞を頂戴し、贈賞式が小樽でおこなわれると知ってまず想い浮かべたのは、若い日の吉田さんのことだった。めったにない機会だから、ゆかりの土地を訪ねて近況報告をかねた絵はがきを出そう。そんな密かな計画が、あろうことか追悼の旅になった。

式の翌日、小樽市立長橋中学校（旧小樽市立中学校）を訪ねて、資料室に置かれていた「伊藤整先生」の足跡に触れ、大正十五年の在学証書に吉田少年の記録を確認して感慨に浸った。『永遠の故郷　夜』に描かれた、「あまり強くなく、浄らかというより鼻声に近い柔らかな」声の女性との恋の舞台を彷彿させる水天宮の丘にものぼって、港に聳える大きなサイロと薄青の海を眺めながら、八十年以上前の初々しい北国の夏に想いを馳せた。

お祭りの日と重なったために、境内には奉納カラオケ大会の仮設舞台が設けられ、モーツァルトでも《メリー・ウイドゥのワルツ》でもない擦り切れたエンドレステープのお囃子が流れて、簡易テーブルを組んだ屋台からは、美味しそうな焼き肉のにおいが運ばれてきた。お参りをしておみくじを引くと、小吉が出た。曰く、「一攫千金を夢みず、焦らずやって来る春を待とう」。夢みず、焦らずか、と嘆息していると、背後から、「途中で、もういいや、と思ったんじゃないかしら」という吉田さんの、小さな笑い声が聞こえるような気がした。

感謝の言葉しか浮かんでこない

ユルスナール没後三十年。そう聞いて、小さくはない感慨に襲われている。すでに何度か書いたことだが、やはりどうしてもこの作家とのつきあいのはじめから語り直さなければ、本稿も先に進むことができない。

学部生時代、すでに世評の高かった多田智満子訳の『ハドリアヌス帝の回想』、岩崎力訳の『黒の過程』、『アレクシス　あるいは空しい戦いについて』（以下、『アレクシス』と略記）を読んでその世界に引き込まれた私は、卒業論文でユルスナールを扱うことに決め、最も波長が合いそうな『アレクシス』に的をしぼって研究計画書を提出した。一九八五年、三年生の秋のことである。

一九二九年に刊行されたこの小説にはリルケの『マルテの手記』の影が濃厚で、その三年前に出たモーリス・ベッツの仏訳と両者をならべて論じれば、若く美しい妻のもとを去ろうとしている同性愛者の音楽家の《声》とそれを贖うピアノの旋律が聞こえてくるのではないか、そしてその声はハドリアヌスを描くユルスナールが口にした《声の肖像》の事例として、他の作品を理解するための一助となってくれるのではないか。そんなふうに考えたのだった。

指導の先生は当時新進気鋭の批評家として、ユルスナールとはおよそ縁のなさそうな仕事をされていたのだが、私の拙い説明を聞くと、小説のなかの人物の声ではなくてあなたの声を出せばよいのです、好きにお書きなさいと励ましてくださった。それを機に、その時点で手に入る関連資料を集めながら未訳の作品もゆっくりと読み進めていった。マチュー・ガレーとの対談集『目を見開いて』（一九八〇年）を貴重な案内書として、戯曲やエッセイを一望しつつ、やはり最も大きな感銘と困惑をおぼえたのは、十七世紀のチェコの作家コメニウスの作品に総題を借りた〈世界の迷路〉の二冊、『追悼のしおり』（一九七四年）と『北の古文書』（一九七七年）だった。

第一巻『追悼のしおり』の冒頭は、以後の展開にふさわしい響きを備えている。「私が私と呼ぶ存在は、一九〇三年六月八日月曜日の朝八時ごろ、ブリュッセルで生まれた」（岩崎力訳）。ここにもひとつの声がある。ユルスナールがハドリアヌスを描く際に述べていた《声の肖像》という視点は、終末を迎えつつある人物を内側から生きようとしたときに立ちあがるものだった。ハドリアヌスは自身の最期を見越してアントニウスにその生涯を語りはじめ、『黒の過程』のゼノンはつねに追われる身として永遠の過程に終止符を打つべく行動し、明確な意志のもとで死に身をゆだねた。アレクシスは妻のもとに戻れないと悟った瞬間から、別れという再生に向けて手紙を書きはじめた。終わりを離れて観察するのではなくそれを引き受けた者にとって、現在は「在るもの」から「在ると信じているもの」へと変容する。

過去に遡行しつつ現在に立ち戻る〈世界の迷路〉の複雑な語りは、過去への逃避のように見せながら、じつは現在を積極的に支え、現在に参与するものだった。語り手の視線の先には、人間の内部に潜む暗く澱んだピラネージの牢獄のような幻想もひろがっているのだが、そこから渾身の力で脱け出さないかぎり後世に伝えることはできない。内なる牢獄を知らしめることは、現在に向けての自己解放でもある。「私」の根を扱いつつ、過去を遡ろうとしている現在の歴史の連続性のなかに溶かし込んで、ときに人称をなくしたような語りを示す〈世界の迷路〉の先で出会うのは、ランボーの言う「ひとりの他者」である。《声の肖像》はこの他者の目を併せ持つことで一人称の語りとは異なる保護色に包まれ、しばしば読者の視線から消える。それによって「私が私と呼ぶ存在」としての「私」がより際立つのだ。

二対の絵巻は、ひろげていくうち徐々に表情を変えていった。たとえば『北の古文書』の第一章、人間が登場する前の世界の地学的な描写がつづく一見退屈そうな「歴史の闇」は、無数の人の《声》を拾いあげていながら、その裏に全体を統御する「ひとりの他者」を指し示していた。また、語りの秘儀とはべつに、祖父と父ミシェルのやりとりが見せる映画の一場面のような光彩と、感傷的な側面のまったくない鉱物の哀切さや絶妙な間合いで点描される「私」と父の相互補助的な関係は、ユルスナールの大きなテーマのひとつであると思われた。一時は『アレクシス』を放棄して、〈世界の迷路〉に主題を変更しようかと本気で考えたほどである。

しかし幸か不幸か、『北の古文書』には、最低でも第一次世界大戦の勃発まで、可能ならば一九三九年、戦乱を避けた渡米前夜までが描かれるという未完の続篇があることを私は知っていた。とすれば、ランボーの詩句を借りて『なにが？ 永遠が』と題されることになるその第三巻では、父娘の関係が詳しく語られることになるだろう。『アレクシス』が書きあがった頃、ミシェルは癌に冒されて死の床にあった。ベッドのなかで娘の小説の草稿を一読した父親は、これほど澄み切った小説は読んだことがないと紙切れに感想を記し、それを枕元にあった本のなかに挟んでおいた。娘の才能を確信したのである。この小説を扱うなら、印象深い言葉を遺した父と娘の関係の細部を確かめるためにも、なんとか第三巻には目を通しておきたい。

待ち焦がれた最終巻はなかなか刊行されなかった。ひとつが欠けている以上、〈世界の迷路〉を論じるわけにいかない。私は当初の予定通り、『アレクシス』をめぐる論文を提出した。すると思いがけないことが起こった。目を通してくださった先生から、これを短くまとめて雑誌に送りなさいと命じられたのだ。素直に言いつけを守り、大きく刈り込んだ原稿を教えられた住所に送ったあと、私は無事に学部を卒業し、べつの大学の修士課程に進学したのだが、そこでユルスナールとの縁を切らざるを得なくなった。在命中の作家の研究は避けるという不文律があったからである。しかたなく新しい研究対象を選び、資料集めに没頭していた年の暮れ、先の雑誌の編集者から電話が入った。穴が空いたのであなたの投稿を載せたいという。送ったことも忘れていたので、驚くほかなかった。

『アレクシス』を主題とする奇妙な文章は、こうして一九八七年の年明けに活字になった。「書かれる手」と題されたこの小文は、ずっとのち、それを表題とする散文集に収められた。要するに、私がものを書きはじめた出発点に、ユルスナールの作品があったということなのだ。

同年の暮れ、十二月十七日に、彼女は北米メイン州のマウント・デザート島で亡くなった。未完に終わったものと諦めていた『なにが？ 永遠が』は、翌八八年十月、生前に出版を認められていた章までがまとめられて形になった。すぐに取り寄せて、貪るように読んだ。ユルスナールと父親の関係はこちらの想像どおりで、『アレクシス』のエピソードも文言を少し変えて活かされていた。晩年の精神生活が投影された数章は生々しい《声》にあふれ、過去に比して現在がいかにあやういものであるかを、前二作を逆照射する構造でみごとに表現していた。この思い出深い作品を、自分が日本語に移すことになるなどと、いったいどうして想像できただろう。ユルスナール没後の三十年は、そのまま私の物書きとしての三十年に重なるのだ。彼女に対しては、深い感謝の言葉しか浮かんでこない。

架空の「私」、転倒の詩　アントニオ・タブッキ追悼

アントニオ・タブッキの世界は薄明である。明よりも暗のほうに比重がかかっている。空間だけでなく時間までもが薄い靄《もや》に覆われ、語り手の足どりはどこか頼りない。それにあわせて読み進めているうち、頁がいつしかやわらかい砂地になり、こちらまで足をとられそうな気がしてくる。

ところがその不安の薄闇のなかから、はっきりした声が聞こえてくるのだ。強弱はあってもつねに明瞭なその声が読み手の耳に滑り込んで、姿の見えない主の存在を書かれている言葉以上に生々しく伝える。不在を伝える存在の不在。この奇妙なねじれのおかげで、虚構のなかの現在がひどく柔軟になる。時間を固定された軸に巻かれていくものではなく、たわみのある皮膜を伝うものとして感じ取っているのではないかと思えるほどに。

ありふれた日常のほんの小さな躓きが、あとで振り返るとまちがいなく人生の分岐点だったとわかる。そんな言い方ならだれにでもできる。しかしタブッキが一貫して書きつづけてきたのは、「すでに起きていたこと」を「発見する」こと、つまりその後起こるかもしれない出来事ではなく、とうのむかしに生起した事柄を「予測」するという一種の転倒の詩だった。

タブッキにとっては、書いている《私》もまた、あとから発見されるべき存在だったのかもしれない。そもそも私がタブッキに近づいたのは、ポルトガルの詩人ペソアへの関心からだった。複数の筆名と架空の人生を使い分け、ほんとうの自分を分散させながら、その散らし方からにじみ出す声によって逆にはっきりとした《私》の幻想を結んでみせたペソアのために、タブッキは一冊の本を著している。失踪者を、死者を、他者を語りつつ、タブッキはいつも漠とした靄のなかに《私》の姿を探っていたのだ。この世から消えたのが生身のタブッキだったとしても、彼を支えていた架空の《私》を組み合わせて真の人生を再構成することが、これからの読者の役目であり、慰めとなるだろう。

礼状の礼状　長島良三さんを悼む

学部でフランス語を習いはじめた頃、邦訳ですでに親しんでいた作家たちのペーパーバックをしばしば手に取った。ジョルジュ・シムノン、ボリス・ヴィアン、エミール・アジャール、フレデリック・ダール、J・F・コアトムール、ディディエ・ドゥコワン。とくに、サン・アントニオの別名でも知られるダールにはしばらく夢中になり、カタログに記載されている作品を片っ端から注文するという暴挙に出たことをなつかしく思い出す。

フランス文学の翻訳書の比重が伝統的な小説から言語学や哲学の分野へと徐々に移行していくなか、ミステリを中心とした非学術的な作品群を見捨てることなく、適度な間隔を置いて日本語化してくれた数少ない翻訳者のひとりに、長島良三がいた。右に記した作家たちとの最初の出会いのほとんどは長島訳によるものだ。

二〇〇九年暮れのこと、思いがけないことに、若い日の文学的恩人であるその長島良三さんと話をする機会が与えられた。シムノンの小説を映像化したタル・ベーラ監督の『倫敦から来た男』の公開を記念して、上映前に少しお喋りをしてほしいと頼まれたのである。

渋谷の小さな映画館の上の教室のようなところで初対面の挨拶をしたあと、私たちは地下の銀幕の前で粛々と任務をこなした。あっという間にお役御免となり、なんとなく消化不良のまま駅に向かっていっしょに青山通りを下っていると、長島さんが不意に立ち止まって、一杯やっていきませんか、せっかくだからもっと話しましょう、と目の前にあった小さなレストランに私を誘った。

シムノンの評伝を書くために歩いたパリの思い出、タル・ベーラの前におなじ小説を映画化していたアンリ・ドゥコワンの慧眼、『ミステリマガジン』編集長時代にかいま見た寄稿者たちの横顔、翻訳原稿が行方不明になったときの絶望、偕成社版ルパン全集に協力した際の苦労話。その折にうかがったエピソードの数々は、私の宝ものになった。

それからしばらくして、シムノンの小説の訳書をいただいた。御礼に、エトルタにあるルブラン記念館で買い求めたまま受け取ってくれそうな方が見つからずに十年近く寝かせてあった絵はがきをお送りしたところ、長島さんはたいそう喜ばれて、礼状に対する礼状を下さった。白い便箋に弱々しく並んだブルーブラックの震えるような細い文字列の、構えないようでいて構えを崩さないたたずまいは、長島さんの挙措と無理なく重なるように感じられた。もう一度、ゆっくりお話をうかがいたかった。

品定めの人　杉本秀太郎さんを悼む

　さまざまな媒体に寄稿した小文が漫然と並ぶ統一感のない寄せ集めにしか見えなくても、書き手にひとつの芯があるならば、その漫然のなかから偽りのない統一感が生まれてくる。

　そんな文章の不思議を教えてくれたのが、杉本秀太郎の『洛中生息』だった。一九七〇年代後半にみすず書房から出たこの正・続二冊の高雅で軽妙な散文集を、私は十代の終わりに東京の古書店で買い求めた。

　書き手についてはなにも知らなかった。それどころか本の中身を確かめることもなかった。なぜなら二冊は荷造り紐でくくられ、揃いで売られていたからである。たぶん本のたたずまいが気に入ったのだろう。ページを開いてまもなく、未来へのまなざしがつねに過去との対話のなかで培われるような思考のリズムと間合いに私は惹きつけられていった。

京都、パリ、文学、美術、音楽、そして散策と追想。博覧強記という使いようによっては悪口に等しい評言がここでは身に染みてくる。行間に読まれるのは、息苦しさと無縁の余裕である。それは自他に対して正しい毒を用意する。『文学演技』や『伊東静雄』など、文学批評寄りの散文をたどれば、この毒こそ精神のしなやかさの秘密であることが理解できるだろう。

自然体の言葉をこの人は信じていない。自然体に見せようとする演技をも、鋭敏に見抜いてしまうのだ。いきおい、どんなにゆったりした書き方をしていても、土俵で闘っている自分を行司となった自分が笑いながらさばくという図から逃れられなくなる。その冷静なまなざしは、最後まで曇ることがなかった。

自分の芸術のパトロンは自分しかいないとの矜持と、自家中毒をたくみに回避していく言葉の運び。これは批評ではなく品定めであって、当然ながら自分定めをもともなう。対象を見出すことがすでに品定めのうちだという読み書きの厳しさを、杉本秀太郎は示しつづけたのだ。

数年前、一度だけ、ある場所でお目にかかる機会があった。隣り合って座っているのに、なぜかほとんど言葉を交わさなかった。ふたりとも黙って、他の人のにぎやかな話に耳を傾けていた。あのときの少し張り詰めた諧謔まじりの空気がいまも忘れられない。それは杉本さんの文章の呼吸に、とてもよく似ていた。

往生を済ませていた人　古井由吉追悼

二十年ほど前、文芸誌に書いた短篇小説——と便宜上そう呼んでおく——が芥川賞を受賞するという、私もふくめてほとんどだれも想像していなかったであろう出来事があった。受賞の会見をしたあと、当時選考委員の集まることになっていた銀座のお店に連れて行かれて挨拶をした。そのひとりが古井さんだった。たしか古井さんが最初に話しかけてくださったという気がする。本を通じてしか知らなかった作家の語り口はこれまで出会ったことのないもので、私はまずその抑揚に衝撃を受けた。空気の出し入れが独特で、頭のなかでオシロスコープの曲線にしてみても山と谷の落差がわからない。平坦どころかかなりの変化があるのに、頂きにのぼっても谷底に接しても、声は声としてのみ発せられていて、意味が乗っているかどうかは二の次という印象だった。唯一はっきりした断片として記憶しているのは、あなたみたいにさんざん批判されながら受賞した人はめずらしいよということだけで、あとは茫漠としている。

その一カ月後に授賞式があり、式のあとの親睦の場であらためて挨拶をしようとすると、いきなり、喉ではなく鳩尾《みぞおち》のあたりから胆汁をまぶしたような声でなにかを話されたのだが、それがどこの国の言葉なのかすぐには理解できず、狼狽してしまった。揺らぎのあるその声にしばらく波長を合わせようと耳だけに意識を集中していると、急に電波が鮮明に入って、その状態が十数秒つづいた。このあいだはどうもとか、このたびはといった定型の匂いなどかけらもなく、前後の文脈もなしに、「あなたのやってることは、日本じゃ理解されにくい」とだれかが言った気がして、まわりを見ると、大勢の人がゆき来しているのになぜか古井さんしか存在していなかった。

「ひとつの国にいること……土地にいること……が、あたりまえの国で……、人が動き、そこで暮らし、また動く……意味を、突き詰めるのは、むずかしい」

それからまた、古井さんの言葉は私に馴染みのない言語になり、それ以外になにを言われているのか判然としない状態で別れた。耳の奥に艶のある音の珠を残したまま、声だけが形をなした。意味が消えてしまったのだから、本当はこんなふうに文字に起こせるはずがない。私はそれから何年もかけて少しずつ古井語の学習を重ね、通常の一人称とは異なる声の根を探って、休符をあいだに挟んだこのぶつぎりの台詞を補完したのである。賞を与えられた拙文にはなんの主題もなかった。ただ、人が動き、土地を移り、居座って、また移動することで生まれる日常の一部が、居心地の悪さと共感とをないまぜにした形で描かれていたとは思う。

あとで気づいたのだが、このときの言葉は古井さんの選評とも合致するものだった。同時に、初期の頃から古井文学を特徴づけていた新開地のとらえ方とも関連していた。生まれ育った土地ではなく、長じて独立しうる生活力を得てから移り住んだ土地があり、何十年かを過ごしたとする。費やされた歳月の重みを足して、そこを地元と呼ぶことができるのかどうか。ヨーロッパにおけるユダヤ人問題や政治的亡命、あるいは難民といったことがらを抱え込む移住と明治以後の東京近郊への人口流入の話を安易に結びつけるわけにはいかないけれども、生まれ育った土地から離れるということは、そこで亡くなった者たちを置きざりにし、土地が持っている記憶を捨てることに等しい。そういう点に反応する書き手だったからこそ、広い宴会場を一瞬で辻に変え、無人の風を吹かせて、だれのものでもない言葉を吐かせたのだろう。

声の根すら聴き取れなかったにもかかわらず、この二十年のあいだに幾度か仕事に誘っていただいた。酒場での朗読会や、『山躁賦』と『仮往生伝試文』のような仰ぎ見るばかりの大作に小文を寄せる機会も与えてくださった。シンポジウムや対談でもご一緒した。公に話をする場では、最後まで発語のあいだに口を開けている白い闇に飲まれて、公案のような問いに反射神経だけで応ずる不誠実な回答を繰り返していたのではないかと悔やまれる。古井さんはもうずっと以前に往生していた。往生を済ませた状態で、「徳俵」に足をかけた言葉の往生際を引き延ばしながら生きていた。それがどれほどの活力を生み、どれほど深い作品に結実していったかはもう振り返る必要もない。

先の新開地をめぐる考察がさらに深まるのは二〇一一年三月以降で、その頃から古井さんの発言のなかに、個人の苦しみが集合的な苦しみと通底し、無数の死者の声を聴かなければ文学の言葉は成り立たないといった、以前よりもつよい表現が見られるようになる。殺伐とした空気が漂うなか、とにかく正しいペシミスムに徹して世界が底をつくのを見定めたとき、あらためて文学の言葉が必要になるはずだと古井さんは繰り返した。

私に与えられた最後の公案は、『雨の裾』の刊行を記念しての対談だった。話す前にもう酒が入っていたこともあってか、古井さんの話し言葉はラテン語のように響いた。聞いたこともない日本語の格変化と語順の入れ替えを伴う艶やかな声に、畏怖の念を覚えながら私はただ聞き入り、満足に答えられなくても、その無名の声に「耳をやろう」と構えていた。すると対話の終わりに古井さんはかっと目を見開いて、「日本には、まだまだ文学の役割があるのです」と呟いた。その声が夜中の踏切の音のように、いまも脳裏によみがえる。不穏で、しかもこれ以上ないほどあたたかい後進への励ましだった。

いま暇ですか、時間はありますか　菅野昭正追悼

構内をふらふら歩いている私を呼び止め、徹夜でお仕事をされていたのだろうか、大きな隈のできた両の眼を向けて、いま暇ですか、と先生は尋ねた。背広のズボンのポケットに片手をつっこみ、小銭をじゃらじゃら鳴らしているどこか無頼なその立ち姿には、骰子を投げる前の船長の憂愁がある。骰子はひとつなのに丁か半かの決断を迫られる思いで、いつも暇ですと正直に答えた。怖い眼にわずかな笑みが浮かんだ。これからつまらない会議に出なきゃならないんだけど中途半端に時間が余ってね、ちょっとつきあってくれませんか。

連れていかれたのはいかめしくて素っ気ない学士会館のカフェで、先生は小さな瓶ビールにハムサンドを注文され、ぼくはひとつもらうからあと食べなさいと言われた。私がふらついていたのは腹を空かせているせいだと思われたのだろう。なにを飲んだ

のかは記憶にない。ハムサンドはパンの断面が乾いていて、あまり美味しくなかった。緊張して味がわからなかったのかもしれない。先生はつまらなさそうにビールを飲み、時間がくるとポケットからじゃらじゃら小銭を出して支払を済ませ、背筋を伸ばして会議に向かわれた。いま暇ですか、ではじまり、最近なにを読みましたか、だれそれの作品はどうですか、などとあいだに質問があって、じゃあ、で終わる。そういう不意の対面授業が二度か三度はあった。早稲田から本郷の院に進んだ年のことである。なかなか溶け込めずにいた外様の学生を心配してくださったのだろうと、いまならわかる。

先生は前年秋に大著『ステファヌ・マラルメ』を上梓されたばかりで、演習では『骰子一擲』を扱われていた。あの本を書いていらしたころはぴりぴりしていて怖かった、きみの世代は運がいいと先輩にうらやましがられたものだが、いくら先生がやわらかくなっても浅学の身にマラルメの難解さは変わらない。教場で解説を拝聴しながらぼんやりしていると、ときどき考え込んで老眼鏡のつるをかじるさまが、あの詩の LE MAÎTRE ではなく知的な賭博師に見えて来たりした。あるとき友人たちと雑談をしていて、詩は難しいからいつか骰子を投げて出た目にあわせて、LE MAÎTRE が殺められるようなミステリでも書いてみたいなあ、「殺しの前にマラルメを」というタイトルで、などと冗談を言ったところ、翌週の演習のあと先生から、きみはぼくを殺すミステリを書いてるそうだが、いつ完成するんですかと問われて狼狽した。

教室で教わったのは三年ほどでしかない。修論の主査をしていただき、なんとか博士課程に進学できたのだが、留学しているあいだに先生は退官された。

四半世紀ほど経って、都内の区立文学館の館長になられた先生の命で企画に参加するようになり、年に一度か二度、館長室でお茶を飲みながらお話しする機会にめぐまれた。「いま暇ですか」ではなく「時間はありますか」と問われた瞬間、まずそうにビールを飲んでおられた口数の少ない賭博師のたたずまいは消えて、若々しい老師がいた。いつ読んでおられるのか、詩でも散文でも、旬の文芸について先生の知らないことはなかった。内容は抽象にも具体にも及んだ。明晰で鮮やかな作品分析と、驚嘆すべき記憶力に支えられた辛辣な人物評。拝聴しているうちあっという間に時が過ぎた。先生が示されたのは、表面的な面白さではなく、作品を作品たらしめている内的な根拠をつかみとろうとする姿勢だった。

たとえば詩は、「意味と音と映像との精妙な組織を蓄積している」テクストに触れたとき「詩人の生のなかを一度だけ通過した内的経験にほぼ等価なもの」が抽きだされて、はじめて成り立つ（『詩の現在』）。小説なら、「いまこういう小説が書かれるのはなぜか。こういう小説はどこから出てくるのか」を考えさせるレベルになければ小説とは言えない（『小説を考える――変転する時代のなかで』）といったように。

主人公がいつも暇ですと告白しているに等しい『河岸忘日抄』という作品を書いたとき、「風変わりな定着生活を豊かにしようとする試みの記録である」と先生は評してくださったのだが、要するにこの時代に書かれなくてはならない根拠が見出せないことを遠まわしに諭されたのだろう。最後に館長室でお会いした日、別れ際に先生はくぐもった声で悪戯っぽく尋ねた。堀江君、きみの『殺しの前にマラルメを』はいつ完成するんですか。びっくりしてあわてふためき、いや、その、あの、書く前にもう一度先生にマラルメを教えていただかなくては、とごまかすしかなかった。万が一、若気の至りで発した言葉が実現するようなことがあったとしても、LE MAÎTRE を海に沈める話にはいたしませんとお伝えしたかったのだが、それももう果たせぬ夢になってしまった。

最初で最後の頼みごと

津田さん、お別れの日、私は弔辞を述べる役目を仰せつかりながら、なにも用意して行きませんでした。いくらかでも平静を保つには、その場で心に浮かんだ言葉を素直に口にするしかないだろうと思ったからです。おまけに式の当日、十分な余裕をもって乗り込んだ車が渋滞に巻き込まれ、開始ぎりぎりに会場に飛び込むという失態を演じて、津田さんの師匠である吉増剛造さんにやさしく叱られました。平静を保つどころか、いつもどおりの間抜けぶりを披露して、逆に落ち着いたと言えるかもしれません。ただ、あのときなんとか絞り出した言葉は、津田さんとともにこの世から消えてしまって、もうどこにもありません。以下に記すのは、だから、ブロックフレーテの一部かと見紛う太くて立派な骨を拾わせていただいた日の夜、吉増さんの語りかけるような声や、管啓次郎さん、そして野崎歓さんの友情あふれる弔辞の響きを脳裏によみがえらせながら文字にしたものです。これをあらためてパートナーの英果さんにお渡しして、弔辞に代えさせていただきます。

＊

書店の奥の、あまり人の通らない棚の一角にはじめての自著がひっそりと積まれてからまだほとんど時間の経っていない、ある朝のことでした。当時住んでいたアパートの日当たりの悪い玄関口にあった電話が鳴って、寝ぼけたまま受話器を取ると、地の底から湧き出てくるような暗い感じの、でもひどく興奮してもいそうな、まことに奇妙な声が聞こえてきたのです。こちらの名を確認すると、電話の主はいきなり、「御著書、拝読しました。すばらしいです。ほんとうに、すばらしいです」と抑揚なしに言い、どの頁のどの場面が好きだとか、どの頁のどういう描写が胸に沁みたとか、思いもよらない讃辞を一方的にまくしたてるのでした。

はははあ、これが世に言う《変な読者》というものか。すでに著書を世に問うていた先輩諸氏から、自分だけがあなたの理解者であるという思い込みに満ちた読者がかならずいて、返事のしようのない手紙を送ってきたり電話をしてきたりすることがある、と聞かされていたのです。そんなわけで、たっぷり十分、いや十五分以上、譫言《うわごと》のようにつづく生々しい感想を、私は身構えながら適当に相槌を打って他人ごとのように聞いていました。すると、とつぜん、声の主はこう宣ったのです。

「書き下ろし作品をお願いします。タイトルは『移民論』。四百字詰めで最低三五〇枚。三カ月で書いて下さい」

名前も身分も明かさずにこんな滅茶苦茶なことを言うなんて、いたずらにもほどがある。さすがにむっとして、失礼ですが、どちら様でしょうか、と私は尋ねました。声の主は正気に戻ったように、ふっ、ほっ、ふっ、と聞こえる独特の笑い声を漏らしながら非礼を詫び、セイドシャノ、ツダト、モウシマスと、カタカナ表記するのがもっとも近いと思われるアクセントで自己紹介をしてくれました。津田さん、それがあなたとの出会いでした。一九九五年十一月のことです。

変な読者ではなかったものの、やっぱりあなたは変な編集者でした。なにしろ「書き下ろし」はもう自明のこととして、どんどん細部を詰めていこうとするのです。まだ若かった私は、お気持ちはありがたいけれど、「論」と名のつく文章も「書き下ろし」という形式も、いまの自分には不可能であると必死に抵抗しました。書いてみないとなにが出てくるかわからないし、わかっていたら書く必要などないでしょうなどと偉そうなことを言って。

ところが、書籍部の人間であるにもかかわらず、あなたは雑誌『ユリイカ』への《ゲリラ的連載》という裏技で攻めてきたのです。

「巻末コラムの見開き四頁分に、三段組みで詰め込めるだけ詰め込みましょう。編集後記とおなじ、虫眼鏡でもなければとうてい読めない小さな活字にして、そこに、堀江さんの書きたいことを、書きたいように、しかし《移民論》になるような体裁の文章を書いて下さい」

好きに書いて下さいと言いながら、ちゃんと注文をつけてくるその依頼の仕方はその後もずっと変わりませんでしたが、実際にはこちらを自由に泳がせてくれました。正直に申せば、ほぼ時をおなじくして、複数の編集者からさまざまな形で執筆の誘いがあったのです。しかし、手紙を書く時間さえ惜しんで真っ先に電話をくれたばかりか、自己紹介も忘れて「書き下ろし」を依頼するという常識では考えられない野蛮な熱意をぶつけてきたのは、津田さんだけでした。私はあなたを信じて、他の同趣旨と思われる誘いはすべて鄭重にお断りしました。

約二年後の一九九八年七月、型破りなその連載は、『おぱらばん』と題された一冊の書物となって世に送り出されました。みごとな連携を見せてくれた『ユリイカ』編集部の仲間たちとの小さな祝いの宴の席で、津田さんはまた、あの純真な黒い瞳を輝かせて、「コノホンハ、ゼッタイ、ショウヲトリマス！」と宣言し、周囲を苦笑させていました。おそらくそれが口癖のひとつだったのでしょう。大方の予想どおり、本はまったく売れませんでした。

ところが、ほぼ一年が経過したころ、驚くべきことに、津田さんの予言が的中してしまったのです。だれも期待していなかったことを、あなただけが、ほとんど思い込みといってもいい強さで信じていたのでした。授賞式のあとの、再度の宴の席で、津田さんは、例の電話の引き金になった最初の本『郊外へ』を作ってくれた白水社編集部への深い感謝の念を述べてくれました。『郊外へ』があったから、『おぱらばん』ができたんです、と下を向いて何度も何度も繰り返していた声を、いまも忘れることができません。書物とは、書き手と作り手が一対あればできるものではなく、過去の作品や、編集者、出版社の輪がいくつも重なってできあがる共同作品なのだということを、そのときあらためて思い知らされました。

二年後、「好きなように」書いた拙作が、今度は津田さんでさえ予想していなかった文学賞の候補に挙げられました。選考会の日、私はとある場所で慣例にしたがって版元の編集者と食事をし、談笑しながら報せを待っていたのですが、選考会がはじまって少し経ったころ、津田さんは拙宅に電話を入れて、応対した妻に言いました。

「まだ結果は出てませんか？　私は、こういうものと、堀江さんは距離を置いてほしいのです。いずれそのような道が開けるにせよ、時期尚早だと思います」

一時間後、また津田さんは妻に電話をして、こう言いました。

「何度も申しますが、私は、堀江さんがこんなことに巻き込まれるのは、よくないと思うのです。ところで、まだ結果は出ませんか？」

さらに三十分ほどして、津田さんはまた暗い声で電話をかけてきました。

「本当にまだ連絡がないのですか？　三たび申しあげますが、今回、仮に受賞してしまったとしたら、堀江さんにとってよいことであるとは思いません」

その直後、報道を通じて結果を知ったらしい津田さんは、四度目の電話で、叫ぶように妻に言ったそうですね。

「オメデトウゴザイマス！　私は、あまり嬉しくありませんが、『おぱらばん』、新しく帯をつくって、増刷の手配をいたしました！」

その声がじつにじつに嬉しそうだったと、当時、妻は笑いながら、そして今回は涙を浮かべながら何度も話していました。騒ぎと言われる出来事のなかで、いちばん醒めていたのは私自身だったかもしれません。「時期尚早」という言葉をあとで聞かされて、津田さんの真意はすぐに理解したつもりです。そういう言い方をせざるをえない津田新吾という編集者の気概とはにかみが、私はとても好きでした。

翌年、勤務先から研究休暇をもらってフランスに長期滞在することになり、それを電話で伝えたときのこと、津田さんは報告を聞き終えるや否やいつもと変わらぬ口調で、「では、書き下ろしをお願いします」と言いました。笑いながら、無理です、と断ると、即座に「では連載にしましょう。頁は用意します」と勝手に話を進めたあげく、さらにこう脅しをかけてきたのです。

「国外に逃げられたら、約束をうやむやにされる恐れがあります。連載は日本にいるあいだにスタートしていただかねばなりません」

その頃にはもう私の書き方を把握していた津田さんは、なにを書けと命じたりせず、ただ「本」を作りましょう、としか言いませんでした。書き下ろしであれ連載であれ、そして主題がなんであれ、どうでもよかったのです。いっしょに「本」さえできればそれでよかったのです。またしても行き当たりばったりで書きはじめたその連載が、巻末三段組みから巻頭二段組みに昇格したことをだれよりも誇らしく思ってくれていたのも、津田さん、あなたでした。

一年あまり書き継いだそれらの文章は、『魔法の石板――ジョルジュ・ペロスの方へ』と題されて、二〇〇三年十二月、世に送り出されました。ただし、無事にではありません。最後の最後まで校正刷をいじりまわしたおかげでついに時間が足りなくなり、進行上、著者に伝えてはならないはずの予備日をつぶして、ふたりで丸一日、出版校正室にこもるはめになったのです。

あの日、津田さんの体調はあきらかに悪かった。顔色も青く、声に張りがなく、全身から疲れが伝わってくるようでした。ペロスが喉頭癌で苦しみ、息絶えるくだりに、もしかしたら自身の闘病を重ねていたのかもしれません。作業中に吐露された強気と弱気が相なかばする言葉に罪の意識を感じつつ、私は黙って仕事で応えるしかありませんでした。

数年前の入院の折、お見舞いに行くと、病人扱いされるのを心の底から嫌がっている様子で、「こんな暇があったら本を書いて下さい。書き下ろしで結構ですから」と津田さんは真顔で言いました。「堀江さんは余計なことを考えずに、とにかく本を書いて下さればいいのです。私もこんな病院などすぐに抜け出して、南の島に行きます、体調が戻ったらまた連絡します。本を作りましょう」と。だから今年の春、状態が思わしくなくて入院していることをメールや葉書で知らされたときも、お見舞いに行くのがためらわれました。そういう暇があったら、少しでもよい仕事をして下さいと言われるに決まっていたからです。

ところが、七月十九日の夜、英果さんから電話があって、津田さんが会いたがっている、と伝えられました。思いがけないことであり、そして嬉しいことでもありました。翌日の午後、すぐ高層病棟を訪ねると、津田さんは眼鏡の奥の、あいかわらずの黒い瞳でこちらをじっと見つめ、酸素吸入器などものともせず、近々立ちあげる出版社「本の島」の「第一期刊行物のリストに入っている」という当方の本について、熱く語ってくれました。勝手にリストに入れたのは、もちろんあなたです。当然それは「書き下ろし」と決まっていました。

調子にのって一時間ほども話したでしょうか。別れ際、書くこと以外になにかできることがあったら、たとえば病室で必要なもの、欲しいものがあったら、遠慮なく申しつけて下さいと言うと、津田さんは、十数年の付き合いのなかではじめて、じつは、こういうものが欲しいのですと、仕事以外の具体的な注文を出してくれました。CDでした。ラルキブデッリによるハイドンの《最後の三つの弦楽四重奏曲》。

「ハイドンが聴きたいんです。アンナー・ビルスマのチェロと、ヴェラ・ベスのヴァイオリン。古楽器でなくては、だめです。それ以外は受けつけないんです。カタログを見ると、そういう盤があるようなのです」

病室を出たあと、すぐその足で、VIVARTEのCDを新宿の街へ買いに走りました。あいにく店頭在庫がどこにもなく、自宅にもあるクイケン四重奏団のハイドンを二枚、言い訳のために確保し、お望みの盤は注文しておきました。順調にいけば一週間以内に病室に届けられるはずだったのです。しかし、その願いはかないませんでした。見舞いに行った日の一週間後に、あなたは突然逝ってしまいました。CDは、まさにその日に手に入りました。書き手としてではなく、年少の友人としての最初の頼みごとに応える機会を、私は永遠に逃してしまったわけです。締切のみならず、こんな大切な用件も守れないとは、情けないとしか言いようがありません。痛恨の極みです。翌日、管さん、野崎さんと三人で、英果さんのご実家に帰ったあなたにお別れを言いに行き、霊前に、渡せなかったそのCDを捧げました。

津田さん、でもあなたが望んでいたのはCDではなく、またいっしょに本を作るということだったはずです。死ぬ気などこれっぽっちもなかったでしょう。それだけに、私への《最初の》頼みごとが、《最後の》三つの弦楽四重奏だなんて、できすぎた冗談のように聞こえます。そのCDを繰り返し聴きながら、この遅ればせの弔辞を書きました。

結局、私たちは二冊しか本を作ることができませんでした。はじめて電話をくださったときとおなじ不思議な理路をたどって、頭のなかで勝手に企画されていたらしい三冊目の来るべき書物を、いつかなんらかの形で世に出せるよう、初心を忘れず、日々精進したいと思います。

さようなら、津田さん。そして、ありがとうございました。

丘陵や山肌を利用した傾斜状の建築物に、静かな昂揚を感じる。地形と一体化しつつも、自然のなかに埋没するのではなく、幾何学の美しさで、逆に自然のうちに隠された数理の奇跡を引き出すような外観に私は惹かれるのだ。そういう場所に身を置いたら、下から上を見あげるのと、上から下を見おろすのと、どちらをより好ましく感じるのか、つい自問したくなる。

＊

猪名川《いながわ》霊園の礼拝堂は、兵庫県北摂山系の急斜面に設けられた、シーランチのコンドミニアムのような、片流れの屋根を持つ見えない海に面した墓地の要である。傾斜地の墓地なら、いくつか足を踏み入れたことがある。たとえばパリのペール・ラシェーズ。あの墓地の幾何学には存分に計算された無秩序があった。人工の土地区画のなかに植えられた樹木が自然の姿をまとって散策路に覆いかぶさり、深い影と静寂をもたらす。気の流れはなにものにも妨げられない。沈黙だけが支配するのではなく死者との対話があり、質問に対する答えが用意されている。ただし空間を統御する管理棟は味気ない郊外の一戸建ての風貌で、土地と合一しているとは思えない。

＊

しかし猪名川霊園には、問いしかない。死者をして語らしめる無理強いがないのだ。鈴木理策が四季を通して捉えた世界には、残された者が問いを投げるだけで、回答を期待しない空気がただよっている。むしろ回答が還ってこないことによって深まる問いに満ちていると言ったほうがいいだろうか。もとより霊園は特定の死者のためのものだが、この空間に想像の身を委ねて感じられるのは、共同墓地に近い無名性の匂いだ。わたしの、あなたの、父の、母の、夫の、妻の、息子の、娘の、という所有格を尊重しながら、あえてそれをはぎ取った純粋形態の死。デイヴィッド・チッパーフィールドは、この墓地を「設計」したのではない。すでにそこに積み重ねられてきたいくつもの死に敬意を払い、まるで火山灰から掘り出されたポンペイの遺跡のように、無傷でそこに遺されていたにぎわしい日常の死を、ただ誠実に「再生」しようとしただけである。無名性と無味乾燥が、匿名性と冷徹さがかならずしも結びつかないことを、この建築家はよく理解している。

＊

閉鎖と開放が巧みに組み合わされ、ロマネスク教会のシンプルさと、白色を避けて赤土のように塗られた古い木造建築を思わせる意匠が、光をいったん回廊で包んでから内部へ送り込む。アプローチの美しさは能舞台のようでもあって、ここを通る者の足裏は地面から少し浮いている。猪名川霊園は私たちの生きるこの世界からべつの世界へと足を踏み出すための、高所に位置する中継地なのである。

＊

エントランスの真正面に、ひな壇を貫いて一直線にあがっていく、テオティワカン遺跡の《太陽のピラミッド》を思わせる階段がある。もしかすると、ここには私たちのだれも知らない天文学の知見が秘められていて、毎年ある月のある時刻に階段の頂の納骨堂から太陽光がまっすぐに伸び、礼拝堂の特定の部分に当たるのかもしれない。目視できてもたどり着くことができないカフカ的な、あるいは禅の公案のような頂。可能性と不可能性をともに感じられるこの通路がなければ、偏見なく宗派も問わずに死者を迎え入れるという、健全な想像力と倫理に支えられた墓地は成立しない。土に還る。天に昇る。大気中に消え去る。どのような消え方も、ここでは許容されるだろう。

＊

施設全体にただよっている幽冥の気配と、薄暗さを否定的なものにしない光の扱いには、まちがいなく聖性が感じられる。ただし、重苦しくはない聖性が。霊園をこの世からべつの世界へ移動する際の魂の中継地と見なしたとしても、永眠の安堵感は喪われはしない。建築家は私たちの知らない遠い過去のにぎわいを封じ込め、なにかのきっかけでそれが休憩室や礼拝堂に響き伝えられる仕組みをつくっている。水を導く暗渠は音を伝えるだけではなく、冥界とこちらをつなぐ魂の導管でもある。声にならない声でのコミュニケーションが成立し、弔う者と弔われる者がほとんど等価になる。神がいてもいなくても、仏がいてもいなくても、空間の聖性が引き出されさえすればそれでいい。三途の川にも忘却の川にも通じる魂の閘門《こうもん》のなかに設けられた内庭は、周囲の山の自然を箱庭的に取り込む想像力の母体だ。建築家自身が語っているように、訪れた者たちはその緑の内側に入り込んで、極小の景色から広大な外の世界を夢見る。借景を利用することで自分の内側の光景と外側の光景を区別せず、ひとつづきにできるのだ。世界の内側に入って死者は自分以外の死者たちの声を聴き、心を鎮め、一粒の種のなかに将来の芽や茎や花や幹の姿を見通すように、もっと大きな世界を見る。休息のうちに発動するそうした想像力こそが、ダイナミックな平穏さを生み出すのである。

*

四季の移り変わりをたくみに取り込んだ構造、光と影の呼吸、アニミズム的な意味における聖性。たしかに猪名川霊園には「日本的」な気配がある。しかし幸運なことに、「日本的」という言い方でごまかされる薄っぺらな仕掛けはない。特定の神や仏よりも、ひとりの人間の顔を、彼を支えたひとつ前の世代の人々を、さらにまたひとつ前の世代から時間の位置エネルギーによってわき水を汲みあげ、それを再利用する魂の活性化があって、ひな壇ごとに整理整頓された印象は薄い。墓石の下に眠る者たちは、与えられた区画にけっして狭苦しさを感じないだろう。死してなお生きつづける彼らの想像力は、死後の理想よりも宇宙的な無限を見ることに用いられる。

＊

想像のなかで、私は斜面のいちばん上に身を置き、密集から逃れて適度な間隔を置いた墓石の列を眺めおろす。下界のすべてを支配していることに満足した最高権力者の気分になったりはしない。むしろこれらの死者の上に立つことに対する畏怖と怯えをあらわにするだろう。また、想像のなかで、私は斜面のいちばん下に身を置き、段々の壁面を見あげる。どこまでのぼるのかわからないまま、その見えない頂にあるなにかを信頼して、まずは一段ずつ歩を進めていくだろう。

＊

霊園に入った者には、かならずこの上下運動が課される。このとき私たちは生きているのか死んでいるのか。ある意味で、そんなことはどうでもいいと思えてくる。人工の明暗を抜け、魂の解放された空間をのぼりおりして、その運動を時空にも課す。迷子になりたくてもなれない明確な動線を最後までたどるかわりに、中央の階段の真ん中あたりに、あるいは心地よく傾斜した屋根の上に腰をおろして、もっとながくここにとどまっていたいと願う。このまま帰れなくなるかもしれないという不安を少しも感じないことに、私は驚く。そして、その驚きを死ではなくより鮮明な生の証として、深く受け止めることになるのだ。

美しく逢うこと

人の顔を正面から見るのがあまり得意ではなかった。生きている人だけではなく、写真でさえもそうだった。たとえば卒業アルバム。必然的に顔が小さくなる集合写真ならまだなんとかなる。大勢の身体の隙間に埋もれているので、ひとつひとつの顔は遠目にしかとらえられない。これが同寸の長方形もしくは楕円の枠に収まっている肖像写真で組まれた頁になると、受ける印象が大きく変わってしまう。

小中高の教室で私の眼に映っていたのは、窓の外の景色を除けばほぼいつも仲間たちの後頭部か斜め後方から見える顔だった。教師も大半は板書をしながら横向きになっていたので、長時間、正面からその顔を見つづけた記憶はない。

大学に入っても状況はほぼ変わらなかったが、口の字型に机を配する演習に参加したときだけは例外で、否応なしに何人かの学生と相対することになった。そうなると、他の教室でいつも斜めから見ていた人の顔の造作の不均衡や、言葉を発しているときの口の動きと形のずれが気になってくる。それでいて眼だけは見据えられない。まっすぐ向き合うと、この人だと認識する際の基準がなぜか壊れそうになって落ち着かないのだ。

教室における一対多の、一に当たる場所に立つ仕事に就いたときは、だからとても不安だった。たくさんの眼が、たくさんの顔がこちらに向けられたら、とても耐えられないだろう。実際、その兆候はすぐにあらわれた。個々の力は大きくないのに、まとめて受け止めているうち少しずつからだが後ろに押され、個別認識のメモリーが抜かれて、卒業アルバムにそっくりな名前と乖離した顔だけが迫ってくる。板書にかこつけて横を向き、背中を盾にして耐える技術を持たない私には逃げ場がない。

若者たちはそれを見抜いていた。彼らはやさしい。妙な圧がこちらにかからないよう、ほどよい間合いで電子機器をいじりだし、緊張で頬が火照るようなときには静かに眼を閉じて、無言のやりとりを免除してくれた。これは皮肉ではない。気を遣ってくれていたのだ。

鋭敏な彼らに引き継がれてきたそのやさしさの行使が、いま滞っている。状況がそれを許してくれないのである。この数カ月、多くの同僚とともに、私は社会的な距離を持たない正面像で埋められた平坦なグリッドに向き合ってきた。通常はただのモザイクで、どこから聞こえてくるのか理解できない明瞭な音声のみを受け止めているのだが、しばしばいっせいに窓を開いて、正面しかない歪な世界を現出させる。

見開かれた無数の星の瞳が、薄い画面越しにあの風をこちらに送ってよこす。今度は明らかに異質の、電気を帯びた粒子の風だ。だれのという所有者の名が遠くへ追いやられ、顔がたんなる顔として立ちあらわれる。私の視線は顔認証の基準をなくして虚しく宙にただよう。いったい、これまでなにを顔として、なにをその人にしかない徴として受け止めてきたのだろう。真正面から、しかも一度に多くの顔を前にしたとたん人を人として見られなくなる鈍い放心を、これからどう修正していったらいいのだろう。

先が見えないまま電子の風のなかで途方に暮れていると、突然、あれほど厭だった、具体であるがゆえに魂を奪われたような圧力が消えて、ひとりひとりの顔の輪郭がこれまでにないぬくもりをもって浮かびあがってきた。理由はわからない。不可視の風が身体を貫いて、たまった澱を外に押し出してくれたのだろうか。

正面から、人に会いたい、と私は思った。顔の浮かぶだれかれに会いたいわけではない。漠然とした人恋しさに襲われたわけでもない。宇宙空間で帆を進める風はたしかに感じられるのに、なにをどう細工しても見つめ合うことができないという矛盾した近さのなかで、人のことを想いたい、と感じたのだ。

顔を覆っている画面の闇の背後に、やわらかい朱色がひろがる。「なんと美しい夕焼けだろう」と詩人の中野鈴子は記した。

ひとりの影もない　風もない
平野の果てに遠く国境の山がつづいている

しかしその具体と抽象の国境には、括弧付きの「人」がいる。顔があって、しかも顔のない「人」がいる。

夕焼けは燃えている
赤くあかね色に

あのように美しく
わたしは人に逢いたい

（「なんと美しい夕焼けだろう」）

美しい人に逢うのではない。美しく人に逢うのだ。私も電子の国の境で、詩人の言葉を借りながら、そのような「人」に逢いたいと切に願う。

†中野鈴子『中野鈴子全詩集』フェニックス出版、一九八〇年

初出一覧

Ⅰ

いちはやき遅れ（月刊『なごみ』連載「くちすぅの夢」二〇一五年一月号、淡交社）、割れない言葉（二〇一五年二月号）、揺れる言葉の甲板で（二〇一五年三月号）、きくいむしのはなし（二〇一五年四月号）、蛍を踏みにじること（二〇一五年五月号）、自転車に御乗んなさい（二〇一五年六月号）、露天市を切り裂く怖れ（二〇一五年七月号）、うてなの錬金術（二〇一五年八月号）、私はあたまをかかえた（二〇一五年九月号）、勝手にしやがれ（二〇一五年十月号）、遠まわりの思想（二〇一五年十一月号）、発語のくちびる（二〇一五年十二月号）

Ⅱ

春のなかに春はない（『花椿』二〇一三年六月号、資生堂）、結びし水の解け出すところ（『墨』二〇一四年一・二月号、芸術新聞社）、叩くこと（『早稲田文学』二〇一八年夏号、早稲田文学会）、心をつぐ言葉（『増補 幸田文対話（下）』岩波現代文庫、解説、二〇一二年八月刊）、一向要領を得ないもの 小説の日本語（『日本語学』二〇一五年十二月号、大修館書店）、なにもしないという哲学（「booklista」二〇一二年一月、ブックリスタ）、片付けた顔を見ているひと（『定本 漱石全集』第十二巻月報、岩波書店、二〇一七年九月）、「探りを入れること」

『明暗』の書き出しから（『WASEDA RILAS JOURNAL』No.3、早稲田大学総合人文科学研究センター、二〇一五年十月）、主張でも主義でもない紀行（『考える人』二〇一〇年冬号、新潮社）、雑木林の用足し 小沼丹の周辺から（『三田文学』二〇一四年夏季号、三田文学会）、減速して、左へ寄って 片岡義男小論（『BOOK5』第一一号、トマソン社、二〇一四年一月）、鞠足の発する言葉（『レポート笠間』五三号、笠間書院、二〇一二年十月）

Ⅲ

「あ」の変幻（『図書』二〇〇七年十二月号、岩波書店）、うそぶくことについて（『国立能楽堂』二〇一二年一月号）、文字変換（『文藝春秋』二〇〇五年一月号、文藝春秋）、温かいホットケーキの逆説（『朝日新聞』二〇一二年九月二十二日付）、面白い（『読売新聞』二〇一〇年八月六日付夕刊）、一語とおなじ一文の力（『新鐘』二〇〇九年秋号、早稲田大学）、言葉の池をつなぐ（『国語教室』一一九号、大修館書店、二〇二三年四月）、歌でも読む様にして（『暮しの手帖』第四世紀八二号、二〇一六年六‐七月号、暮しの手帖社）、平日にかがやくもの 寿岳文章『平日抄』（『群像』二〇一七年一月号、講談社）、消印のない手紙（『母の友』二〇一〇年三月号、福音館書店）、棒で結ばれた心（『NAVIS』四号、みずほ情報総研、二〇〇八年六月）、重ねない慎み（『itoya post』二〇一三年春号、伊東屋）、貼って剝がしてまた貼ること（『すばる』二〇一七年一月号、集英社）、なんと言ったらいいのか（『群像』二〇〇七年十月号）、ただそれだけを見つめている（『群像』二〇一一年六月号）、見なければならないもの（『暮しの手帖』第五世紀四号、二〇二〇年二‐三月号）、三本のオレンジの木（『春風目録新

聞』二〇一二年四月二十三日、春風社）

IV

「いいおぢいさんでした」吉田秀和追悼（『中原中也研究』第一七号、中原中也記念館、二〇一二年八月）、水天宮のモーツァルト（『すばる』二〇一二年八月号）、感謝の言葉しか浮かんでこない（『ふらんす』二〇一八年一月号、白水社）、架空の「私」、転倒の詩　アントニオ・タブッキ追悼（『読売新聞』二〇一二年四月十日付）、礼状の礼状　長島良三さんを悼む（『en-Taxi』Vol.40, winter、扶桑社、二〇一三年十一月）、品定めの人　杉本秀太郎さんを悼む（共同通信配信、二〇一五年五月二十九日）、往生を済ませていた人　古井由吉追悼（『群像』二〇二〇年五月号）、いま暇ですか、時間はありますか　菅野昭正追悼（『すばる』二〇二三年六月号）、最初で最後の頼みごと（『オマージュ　津田新吾』私家版、二〇〇九年十月）、中継地にて（『猪名川霊園　礼拝堂・休憩棟』ＬＩＸＩＬ出版、二〇二一年二月）、美しく逢うこと（『日本経済新聞』二〇二〇年十月三日付）

カバー　北園克衛「プラスチック・ポエム」より
（千葉市美術館蔵）
装　幀　堀江敏幸＋中央公論新社デザイン室

中継地《ちゅうけいち》にて　回送電車《かいそうでんしゃ》VI

著者堀江敏幸　発行者安部順一　二〇二三年一〇月二五日初版発行　発行所中央公論新社　郵便番号一〇〇－八一五二　東京都千代田区大手町一－七－一　電話番号販売〇三－五二九九－一七三〇　編集〇三－五二九九－一七四〇　本文・カバー印刷精興社　製本大口製本印刷

Printed in Japan ISBN978-4-12-005701-4 C0095